Ye

2og02

SOLITUDE,

POÉSIES.

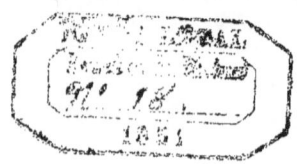

SOLITUDE,

POÉSIES,

PAR

P.-H. DURBEC.

Il est un Dieu ; les herbes de la vallée et
les cèdres de la montagne le bénissent.....
CHATEAUBRIAND, *Génie du Christianisme.*

MARSEILLE, PARIS,

CHEZ MARIUS OLIVE, ÉDITEUR, CHEZ GARNIER FRÈRES, LIBR.,

et chez tous les Libraires. rue Richelieu.

1851.

Au moment où la France, tournant ses regards inquiets vers l'horizon politique, semble être devenue étrangère ou du moins indifférente pour tout ce qui n'intéresse pas la cause publique, que dois-je espérer d'un Recueil de Poésies intimes, dérobées à la hâte à des occupations journalières? Simple et naïf écho de l'âme, pourrait-il avoir le moindre attrait pour des hommes qui n'ouvrent leur cœur qu'aux émotions violentes? Non, mais au milieu de cette grande famille humaine, si divisée d'opinions et de goûts, il est une classe d'individus pour qui ces bruits du dehors n'offrent qu'un intérêt bien secondaire et qui, se renfermant dans le sanctuaire de leur cœur, aiment à se livrer, de préférence, aux charmes de l'étude et de la méditation. C'est à ces âmes privilégiées que je m'adresse; les autres ne me comprendraient pas.

Malgré le puissant encouragement qui m'a

été donné par le noble suffrage d'un prince issu de la race des héros, et le concours bienveillant de mes souscripteurs; ce n'est pas, sans crainte, que j'ose aborder cette mer, si entourée d'écueils, qu'on appelle Publicité. Combien de jeunes poètes, pleins d'espérance et d'avenir, se sont vus tout-à-coup arrêtés, au milieu de leurs plus beaux rêves, par la froide logique d'un siècle matérialisé! Trop heureux encore, si la misère et la faim n'étaient pas venues se joindre au découragement, et briser, dans leurs mains, le luth qui les eût peut-être immortalisés!.....

J'avoue que cette pensée est désespérante et bien faite pour ébranler le jeune écrivain qui se présente à la lice, avec ses propres forces, et sans autres armes que celles de son génie. Son génie, s'il est fortement trempé, saura bien se faire jour, à travers les murs d'airain que la haine et la jalousie élèveront sur son passage; mais, avant d'arriver à cette fraîche oasis, que de déserts arides il lui faudra traverser! que de sables brûlants il lui faudra franchir! La couronne du poète n'est pas toujours tressée de laurier; sur ce nouveau Golgotha, plus d'une épine meurtrira son front et ensanglantera ses pieds; mais, s'il ne s'arrête point aux premiers obstacles; s'il marche avec confiance, aux doux reflets de son étoile, tôt ou tard elle le conduira au port.

Chante donc, ô poète! ton langage sublime est de tous les temps et de tous les lieux; mais chante d'une manière digne et solennelle. C'est à la noblesse et à la variété de ses accords, que le chantre sublime des forêts doit le charme de sa voix.

Poètes chrétiens, prenez vos lyres! un champ immense est ouvert devant vous. Jamais votre voix ne fut plus utile que dans ces jours d'é-preuve où le génie du mal exhale les plus mor-tels poisons, et mine, jusques dans ses fonde-ments, l'édifice social qu'il voudrait renverser. Apôtres du Christ, votre mission est grande et belle, car vous serez peut-être un jour appelés à résoudre le grand problème de la régénération. Chantez, mais chantez de manière à ce que vos ennemis même soient forcés de vous écouter, et de rendre hommage à la suavité de vos accents.

Que le père de famille puisse vous lire et vous laisser lire par ses enfants; que la jeune femme, que la jeune fille même puisse rêver un moment, sans danger, avec vous..... et si l'amour vient parfois inspirer vos chants, sachez rester dans une sage réserve, et n'oubliez jamais que si le désordre est dans votre cœur, il ne doit pas être dans vos écrits.

Ecrivains modernes, poètes du jour, marchons tous sous la bannière par excellence qui est celle de la Religion. Là seulement nous puiserons des paroles propres à calmer la violence des passions. Là seulement nous trouverons ces inspirations qui viennent d'En-Haut et contre lesquelles le temps et la mauvaise foi ne peuvent rien; et s'il ne nous est point donné de recueillir ici-bas, le fruit de nos veilles; si le sentier que nous parcourons fut toujours jonché d'épines, patience; nous trouverons une grande compensation à nos douleurs, dans la consolante pensée d'avoir fait notre devoir, en restant fidèles à notre vocation; et puis endormons-nous avec confiance dans les bras du Seigneur, laissant à ce grand juge le soin de compter les grains de sable que nous aurons déposés en traversant le désert de la vie, et que les vents peut-être auront bientôt emportés.....

POÉSIES

I.

LE RÊVE.

C'ÉTAIT l'heure où des nuits le flambeau solitaire,
De ses pâles rayons vient éclairer la terre ;
Alors que le silence et le recueillement
Couronnent l'univers d'un mystère imposant.
Libre de soins rongeurs, de craintes et d'alarmes,
D'un repôs bienfaisant je savourais les charmes :
L'invincible sommeil, cet ange protecteur,
Avait plongé mes sens dans un calme enchanteur.

Tout-à-coup, ô prodige ! une Vierge inconnue
Snr un rocher désert se présente à ma vue ;
Sa beauté ravissante éblouissait mes yeux ;
Jamais rien de si beau ne parut sous les cieux :
Son front était orné d'une étoile brillante ;
L'or éclatait partout sur sa robe flottante ;
Et, dans ses yeux, brillants comme un rayon du jour,
Se peignaient la grandeur, la noblesse et l'amour.
J'admirais sa beauté, quand sa main gracieuse
Tout-à-coup a saisi la lyre harmonieuse ;
Et l'écho de ces lieux sauvages et déserts,
Longtemps a retenti de ces pieux concerts :

« Grand Dieu, que l'univers adore !
« Être éternel, souverain Créateur,
« Daigne inspirer à ma voix qui t'implore ,
« Des chants toujours dignes de ta grandeur.

« Le monde entier fut ton ouvrage :
« Tu dis, et les cieux furent faits ;
« Tu créas l'homme à ton image,
« Et le comblas de tes bienfaits.

« Tu suspendis à la voûte éthérée,

« Ces beaux soleils, ces astres ravissants,

« Dont la chaleur féconde et tempérée,

« Du laboureur fertilise les champs.

« Du vif éclat qui t'environne,

« Ces astres ne sont qu'un rayon,

« Un seul reflet de la couronne

« Qui pare ton auguste front.

« A tes pieds, ministres fideles,

« Des milliers d'anges bienheureux,

« Font retentir les voûtes éternelles,

« De ton nom saint et glorieux.

« Du haut de ton trône sublime,

« Ton œil perçant embrasse l'univers :

« Il voit les cieux, il mesure l'abyme,

« Et lit des cœurs les mystères divers.

« Dans l'univers, ta sagesse profonde

« Disposa tout pour le bien des mortels :

« Et si, parfois, l'homme souffre en ce monde,
« Tu lui promets des trésors éternels.

« Gloire à toi, Dieu puissant ! que toute la nature
« Salue avec amour ta divine splendeur ;
« Et qu'à jamais ma lyre, harmonieuse et pure ,
« Par des accords touchants célèbre ta grandeur ! »

Ces chants harmonieux, dictés par la sagesse ,
N'inspiraient point au cœur cette douce mollesse,
Propre à jeter le trouble au milieu de nos sens ,
Et que l'amour aveugle inspire à ses enfants ;
Non : mais sa noble voix allumait dans mon âme
Tous les feux épurés d'une pieuse flamme,
Et glissait doucement, dans le fond de mon cœur,
Un doux pressentiment du céleste bonheur.
Alors je m'écriai : Vierge mystérieuse !
Quel est ton nom ? Dis-moi quelle vallée heureuse
Retentit à jamais de tes divins accords ?
Viens-tu des cieux régner sur les terrestes bords ?

Ou, regagnant bientôt les célestes demeures,
Des esprits immortels vas-tu charmer les heures ?
« Mortel », me dit la Vierge, « à ces nobles accents,
Qui semblent ravir l'homme au-dessus de ses sens ;
A ces brillants accords de céleste harmonie,
Reconnais donc enfin l'ange de Poésie ! »
J'allais me prosterner, quand la Vierge, à mes yeux,
Dans un nuage d'or s'est envolée aux cieux ;
Mais j'ai cru voir encor l'harmonieuse lyre :
Alors, n'écoutant plus que mon noble délire,
J'approche du rocher, ô souvenir charmant !
Je vois, je reconnais le divin instrument ;
J'ose m'en emparer, et la corde sonore,
Sous les doigts d'un mortel, prélude et vibre encore.

S'il est vrai qu'ici-bas la volonté des cieux,
Dans un songe parfois se découvre à nos yeux ;
Que ma lyre, toujours religieuse et pure,
Célèbre les bienfaits du Dieu de la nature ;
Et que ma faible voix répète à l'univers,
Du monde qu'il créa les prodiges divers.

II.

A MON AMI.

Pourquoi, me disais-tu, le souffle qui t'inspire
Dans le sein de la nuit fait-il vibrer ta lyre ?
Pourquoi ta jeune muse, aux yeux de l'univers,
Dérobe-t-elle encor ses aimables concerts ?
Guidé par les rayons de l'astre qui t'éclaire,
Laisse voguer en paix ta barque solitaire.
— Ah ! si cet océan souvent cache à nos yeux,
Des abymes profonds, des écueils dangereux,
Ami, puis-je, sans crainte, à l'élément perfide
Abandonner les plis de ma voile timide ?

Combien d'autres, croyant suivre un chemin de fleurs,

N'ont trouvé sur ses flots que honte et que douleurs !

Combien d'autres, poussés par un vœu téméraire,

Ont vu briser leur mât sur la rive étrangère !....

. . . .

. . . .

Ils espéraient pourtant que des honneurs divins

Consacreraient les chants qu'ils laissaient aux humains;

Et que leurs noms vantés, au temple de mémoire,

Brilleraient couronnés d'une immortelle gloire.

Ils croyaient. . . . mais, hélas ! ces rêves enchanteurs

Comme un éclair ont fui tout-à-coup de leurs cœurs !

Voilà, cher Alexis, pourquoi ma jeune muse

Craint d'aborder un champ que le ciel lui refuse;

Voila pourquoi, craignant d'y trouver les regrets,

Sous un voile pudique elle cache ses traits.

— Mais encor, poursuis-tu, dans ton subtil langage,

Le nautonnier qui craint et les vents et l'orage,

N'abandonne pas moins sa voile au gré des flots,

Pour reconnaître un ciel et des peuples nouveaux.

C'est en vain que son œil aperçoit la tempête,

Se lever et mugir au dessus de sa tête ;

Il ne s'arrête point, et l'élément fougueux
Cède enfin aux efforts de son bras vigoureux.

Ainsi l'heureux mortel que le génie inspire,
Presse tranquillement les cordes de sa lyre,
Et les accords touchants qui vibrent sous ses doigts,
Etouffent des jaloux la flétrissante voix.
—Eh bien! puisqu'il me faut, sur cette mer nouvelle,
Hasarder aujourd'hui ma timide nacelle,
Puisse le ciel toujours secondant mes efforts,
M'éloigner des écueils qui règnent sur ses bords!

III

PRÉLUDES.

Insensé, dira-t-on, jamais l'humble ruisseau
Ne serpente avec bruit au milieu des campagnes ;
    Jamais le fragile arbrisseau
N'ose lever la tête au sommet des montagnes.

Insensé ; car enfin, dans son sublime essor,
L'aigle seul, roi des airs, sans péril les traverse ;
    Seul le lionceau, faible encor,
Ne craint point qu'un rival l'attaque et le renverse.

2

Arrête donc, arrête, audacieux enfant !
Tu trouverais la honte où tu cherches la gloire,
  Et ces vains rêves d'un moment
N'inscriraient pas ton nom au temple de mémoire.

Ils ne sont plus ces temps où du sacré vallon
Retentissait au loin la divine harmonie ;
  Où les favoris d'Apollon
Cueillaient, à pleines mains, les palmes du génie.

Ils ne sont plus ces temps où le plus grand des rois,
Pour charmer ses loisirs de gloire et de conquête,
  Aimait à parer à la fois
Et le front du guerrier et celui du poëte.

Ainsi que le soleil, par sa douce chaleur,
Féconde la nature et lui donne la vie ;
  Ainsi le royal protecteur,
Par ses soins généreux enfantait le génie !

Siècle heureux ! aujourd'hui la folle ambition
Dans son vaste domaine envahit tout le monde ;

Et du mérite obscur, sans nom,
Quelquefois même, hélas ! la misère est profonde.

Ainsi parle la foule au poète naissant ;
Mais lui, sans l'écouter, remplit sa destinée ;
     Au gré du zéphir caressant,
Il abandonne aux flots sa barque couronnée.

Rêvons, puisque la vie est un rêve sans fin.
Les rêves sont si doux au lever de l'aurore !
     Alors les roses du matin
De plus vives couleurs semblent briller encore.

Alors tout nous sourit, tout parle à notre cœur ;
Tout plaît à nos regards dans la belle nature ;
     Et, sous l'image du bonheur,
Tout verse dans notre âme une volupté pure.

Aussi, n'écoutant plus que mon secret penchant,
Sous mes doigts ont frémi les cordes de ma lyre ;
     Et, dans un doux enchantement,
J'ai mêlé leurs accords à mon tendre délire.

Non, je ne prétends point, d'un vol audacieux,
Atteindre les hauteurs du mont emblématique,
　　Et, par des chants harmonieux,
Attacher à mon front le laurier poétique.

Non, mais puissent mes vers, puisse ma faible voix,
Des folles passions ignorant le langage,
　　Au monde faire ouïr parfois
De quelques sons heureux le modeste assemblage.

IV.

A MON ANGE GARDIEN.

O toi que l'Eternel, dans sa haute sagesse,
A l'homme infortuné donna pour protecteur !
      Toi qui veilles sans cesse
Contre les ennemis jaloux de son bonheur;

Esprit mystérieux ! quand ma faible nacelle
Ose s'abandonner au souffle des autans,
      Couvre-la de ton aîle,
Et je ne craindrai point les orages du temps.

Alors, sur cette mer que l'écueil environne,
Sans crainte je verrai mon mât se déployer,
     Et la vague qui tonne,
Près de moi passera sans pouvoir m'effrayer.

Des fougueux aquilons l'haleine mugissante
En vain soulèvera les flots tumultueux ;
     De leur rage impuissante
Triomphera toujours mon bras victorieux.

Et mon fragile esquif, respecté de l'orage,
Sous ta garde fidèle atteindra sans effort,
     Le fortuné rivage
Où, vainqueur des jaloux, le poëte s'endort.

V.

L'ERMITAGE.

Aux sommités du mont, sur ses chènes antiques,
Le soleil reposait ses rayons pâlissants ;
Et du fleuve lointain les ondes pacifiques,
Rougissaient à l'éclat de ses feux expirants.

Tout était calme alors : l'oiseau sous la feuillée
Troublait seul, de ses chants, le silence du soir,
Et les accords plaintifs de sa voix modulée
Semblaient pleurer le jour qu'il avait peine à voir.

Tout était calme alors. Seul, le ruisseau paisible
Roulait tranquillement ses murmurantes eaux ;
Le doux zéphir du soir, sous le rameau flexible,
Doucement balançait les innocents oiseaux.

L'astre brillant des nuits, sur son char de lumière,
S'élevait, par degrés, sous un ciel azuré ;
Et les pâles rayons du flambeau solitaire,
D'une écharpe d'argent, ceignaient le mont sacré.

Tout-à-coup, au penchant de la sainte colline,
Se montre à mes regards un vieillard gracieux ;
Il tenait dans ses mains une harpe divine,
Et chantait gravement ce cantique pieux :

« Tandis que la nature entière
« Est dans un saint recueillement,
« Je viens, de mon humble prière,
« Rendre hommage au Dieu tout puissant.

« Assis sur son trône immuable,

« Il découvre tout l'univers;

« Il sonde le cœur du coupable

« Et lit ses mouvements divers.

« C'est lui qui plaça les étoiles

« A la voûte immense des cieux;

« C'est lui qui donne aux nuits leurs voiles,

« Aux jours leur éclat radieux.

« C'est lui qui soutient l'innocence

« Contre l'attaque des méchants;

« C'est lui qui verse l'espérance

« Dans le cœur des êtres souffrants,

« Quand la terre et les cieux proclament ta sagesse;

« Quand tout dans l'univers raconte tes bienfaits,

« Grand Dieu! daigne agréer de l'humaine faiblesse

« Et l'hommage impuissant et les chants imparfaits. »

Et le pieux anachorète
Avait tourné ses regards vers les cieux.
Un rayon lumineux éclatait sur sa tête,
Et le mont répétait ses chants harmonieux.

VI.

LA JEUNE FILLE AGONISANTE.

« Mourir au printemps de la vie !
« Lorsqu'à mon cœur tout souriait d'amour. . .
Soupirait une vierge au sein de l'agonie,
Et prête à s'échapper du terrestre séjour.

« A peine j'ai fini ma quatorzième année,
        « Et voilà que je meurs. . . . . .
« Je meurs, et sur ma tombe, hélas ! abandonnée,
« Nul mortel attendri ne versera des pleurs.

« Lorsqu'à mon cœur souriait l'espérance ,

   « J'osais rêver un heureux avenir ;

« Je croyais au bonheur, et dans mon innocence,

   « J'ignorais qu'il fallait mourir.

« Je croyais au bonheur ; mais un arrêt suprême

« Avait dit : tu mourras au matin de tes jours !

« Et je meurs sans revoir celui que mon cœur aime,

« Et je meurs sans revoir l'objet de mes amours.

« Je ne le verrai plus, et ma main défaillante

« Ne rencontrera point la main chère à mon cœur :

« Peut être, avant le soir, sur ma lèvre mourante,

« Expirera ce nom qui faisait mon bonheur.

« Ce nom qui fait bondir le doux sein d'une amante,

« Qui fait naître à la fois l'espérance et l'amour,

« Je ne le dirai plus dans ma fièvre brulante ;

« Et je mourrai peut-être avant la fin du jour.

« Avant la fin du jour, il faut que je m'endorme

« De ce repos cruel qui na pas de réveil ;

« Sans que peut-être hélas ! nul mortel ne s'informe
   « De mon long et triste sommeil !

« O vous que j'adorais aux beaux jours de ma vie,
« Alors que l'amitié, la tendresse et l'amour
« Souriaient, à la fois, à mon âme attendrie,
« Recevez mes adieux, je meurs et sans retour...

« Brillante, j'arrivais au printemps de l'année ;
« Mille fleurs exhalaient leur parfum sous mes pas :
« Je voulais en parer ma robe d'hyménée ;
« Mais le sort avait dit : tu ne les auras pas ! ! ..

« Une autre, plus heureuse, en ornera sa tête,
« Dans ces jours fortunés où, superbe et vainqueur,
« L'amour, pour célébrer une douce conquête,
   « De plaisirs abreuve le cœur.

« Puissiez-vous les cueillir, ô mes tendres amies !
« Ces fleurs que le destin refuse à mes désirs ;
« Qu'elles brillent longtemps sur vos têtes chéries,
« Et soient longtemps pour vous l'image des plaisirs.

« Puissiez-vous, quand le temps aura flétri leurs charmes,

    « Presser encor la coupe du bonheur ;

« Que de vos yeux jamais ne coulent d'autres larmes

    « Que les larmes du cœur ! . . . . .

« Et si jamais, le soir, vers ma tombe isolée,

    « Se dirigeaient vos pas silencieux,

« De vos bouquets d'amour qu'une rose effeuillée,

« Révèle au froid passant mes destins malheureux! »

Elle dit et sa voix ne se fit plus entendre ;

Et son front se couvrit d'une froide sueur ;

Et son œil presque éteint laisse à peine comprendre

Qu'un léger souffle, hélas ! anime encor son cœur.

Pauvre ange, qu'as-tu fait de ta gaîté bruyante ?

Où sont ces chants d'amour ? ces innocents plaisirs ?

Hélas ! rien ne sort plus de ta bouche mourante

    Que de tristes soupirs. . . . . .

Qu'as-tu fait de ces yeux dont le regard si tendre,

Respirait à la fois la douceur et l'amour ?

Vainement ils voudraient se faire encore entendre ?
Ils ne peuvent souffrir le soleil d'un beau jour.

Qu'as-tu fait de ce pied dont l'empreinte légère
Faisait plier à peine une naissante fleur ?
Immobile et sans force, à ton heure dernière,
Il ne peut se mouvoir sur ton lit de douleur.

Cette bouche où brillait une teinte rosée,
Où naquit tant de fois le sourire enchanteur,
Languit en ce moment, pâle et décolorée,
D'une prochaine mort terrible avant-coureur.

Le mal, le mal cruel a flêtri tous ses charmes ;
La fièvre à dévoré ses gracieux appas ;
Et son œil languissant laisse couler des larmes,
     A l'aspect du trépas. . . . .

Car il est si cruel de mourir à cet âge,
Où la vie a pour nous des charmes si puissants !
Eh ! qui n'a point senti chanceler son courage
     Dans ces tristes moments ?

Mais le ministre saint qu'un zèle ardent enflamme,
De la religion invoquant le pouvoir,
A bientôt su calmer, au fond de sa jeune âme,
    Le cruel désespoir.

Il l'exhorte à souffrir, sans plainte et sans murmure,
Les maux auxquels soumit la foule des humains,
Ce Dieu qui, commandant à toute la nature,
    Nous cache ses desseins.

L'huile sainte a touché les pieds de la mourante,
Et l'ange du départ a paru sur le seuil.
La terre n'a plus rien pour cette âme souffrante,
    Qu'un lugubre cercueil.

Le prêtre a prononcé la sentence sublime
Que suit presque toujours l'impitoyable mort.
Déjà les yeux mourants de la jeune victime
    Ont présagé son sort.

Mais sa mère qui vient d'ouir l'arrêt suprême,
« Jeune âme de ma fille, arrête, oh ! ne pars pas,

« Dit-elle, ou bien attends une mère qui t'aime ;
« Je veux vivre avec elle ou la suivre au trépas ! »

Elle s'approche alors d'une marche égarée,
De la couche où gissait la fille de son cœur ;
Mais son œil aperçoit l'image révérée
　　De la mère du Sauveur.

« Toi qui fus mère aussi, prends pitié de mes larmes ;
« Rends la force à ma fille ; elle est si jeune encor !
« Hélas ! c'est tout mon bien. Juge de mes alarmes :
　　« Elle est mon seul trésor.

« Oh ! si tu rends la force à ma fille chérie ;
« Si tu daignes sourire à mes timides vœux,
« Je te voue, à jamais, ô puissante Marie,
　　« Des jours si précieux !

A peine elle eût fini son ardente prière,
Qu'une voix faible encor mais bien chère à son cœur,
S'écria tout-à-coup : « Où donc était ma mère,
　　«Pendant que je chantais les hymnes du Seigneur?»

Sa mère ne peut croire à la douce merveille.

O mon enfant, dit-elle, est-ce toi que j'entends ?

Est-ce ta douce voix qui frappe mon oreille ?

Un doux songe peut-être abuse-t-il mes sens.

Mais non, c'est bien ta voix : pourrais-je m'y méprendre,

Ta main, ta chère main presse encore ma main ;

Ton regard caressant me fait assez comprendre

Que mes yeux ne voient pas un fantôme incertain.

Bien que mon œil te voie et que ma main te touche ;

Bien que mon cœur encor sente battre ton cœur,

Je sens qne j'ai besoin d'entendre encor ta bouche

Répéter ce doux nom qui fait tout mon bonheur.

Oh ! dis-moi, quel prodige à ma fille chérie

Tout-à-coup a rendu la force et la santé ?

Quel pouvoir surhumain t'a rendue à la vie,

Alors qu'on me disait que tu m'avais quitté ?

« — Les accès dévorants d'une fièvre brulante

« Avaient appesanti ma paupière tremblante ;

« Mon cœur ne battait plus, et mes yeux languissants

« A peine entrevoyaient les objets pâlissants ;

« Tout-à-coup, ô bonheur ! une douce harmonie

« Frappe agréablement mon oreille ravie :

« J'écoute. . . du Très-haut tous les anges en chœur

« Célébraient par leurs chants la mère du Sauveur.

« Bientôt je vois paraître une femme éclatante ;

« L'or brillait au travers de sa robe flottante ;

« Une couronne ornait son front majestueux ;

« Dans ses bras se jouait un enfant gracieux :

« Telle enfin qu'on nous peint la divine Marie.

« Lève-toi, me dit-elle, ô fille trop chérie !

« Va retrouver ta mère et ne la quittes pas,

« C'est elle qui t'arrache aux horreurs du trépas.

« Dis-lui que la vertu, confiante et sincère,

« Dans un cœur affligé me fut toujours bien chère.

« Je te rends à ses vœux, puisses-tu désormais

« Consoler ses vieux ans au gré de ses souhaits.

« Elle dit, et soudain, d'une main caressante,

« Dessille en souriant ma paupière brûlante ;

« Je m'éveille aussitôt, je veux baiser la main
« Qui vient de faire en moi ce prodige divin ;
« Mais, hélas ! en rouvrant mes yeux à la lumière,
« Je n'aperçus plus rien. Maintenant, ô ma mère ,
« Dis-moi quel être auguste, humain et bienfaisant,
« A pu rendre la vie à ton heureuse enfant ?

— Rendons grâce, ma fille, à la vierge Marie,
Car c'est, n'en doutons point, sa divine bonté
Qui des bords du tombeau te rappelle à la vie ;
C'est elle qui te rend la force et la santé.

Ne pouvant supporter ta perte douloureuse,
Je voulais expirer sur ton lit de douleur ;
Lorsqu'ayant aperçu son image pieuse,
Je sentis que mes yeux se remplissaient de pleurs.

Mère de mon Sauveur, ô puissante Marie !
M'écriai-je aussitôt, prends pitié de mon sort ;

Vois ma fille expirante, au sein de l'agonie,
   Se débattre contre la mort !. . . . . .

Sauve ses jours, ô toi qui vois son innocence !
Ne laisse point mourir une si tendre fleur :
Hélas ! c'est mon seul bien, mon unique espérance,
   Mon unique bonheur.

Si tu rends une fille à sa tremblante mère ;
Si tu rouvres son œil à la clarté des cieux,
O Marie ! en ce jour, je fais le vœu sincère
De consacrer sa vie à ton culte pieux.

Elle dit, et la vierge a séché quelques larmes ;
Un tendre souvenir a combattu son cœur. . . .
Mais sa mère a voué pour jamais ses doux charmes
   A la mère du rédempteur.

Oui, dit-elle, ô Marie ! acceptez mon hommage ;
Acceptez aujourd'hui ce cœur brûlant d'amour ;
Puisse-t-il sous vos loix acquérir l'héritage
   Du céleste séjour.

En prononçant ces mots, la vierge solitaire
Attachait à son sein le sacré scapulaire;
Sa mère l'embrassait, et leur commune ardeur
Bénissait à l'envi la mère du Sauveur.

VII

LES VOEUX DU POÈTE.

Celui dont la sagesse admirable et profonde,
Par d'immuables lois sait gouverner le monde,
Ne forma point le cœur des mortels inconstants
Avec les mêmes goûts et les mêmes penchants ;
Mais cette grande loi du Dieu de la nature,
Pour l'homme, bien souvent, n'est qu'une énigme obscure ;
Et la vocation, dans ce bas univers,
Aux yeux des faux esprits, passe pour un travers.
Heureux celui qui, sourd à leur voix mensongère,
Ne consulte jamais que l'astre qui l'éclaire,

Et qui, sans écouter leur langage trompeur,
Suit avec confiance un rayon bienfaiteur.

L'un, touché des appâts d'une fragile gloire,
Brûle de s'illustrer au champ de la victoire ;
L'autre, plus modéré dans ses humbles désirs,
A cultiver son champ trouve de vrais plaisirs.
Celui-ci, poursuivant une idole éphémère,
Rampe, pour arriver aux honneurs de la terre ;
Celui-là, sur les flots d'un abîme sans fin,
Va courir les hasards pour un or incertain.

Le Poëte lui seul, dans son noble délire,
Ne demande jamais que des sons à sa lyre :
Insensible aux grandeurs qui flattent les mortels,
Il convoite en secret des trésors plus réels.
Tout parle à son génie au sein de la nature :
La colline, les bois, la plaine, la verdure ;
Tout s'offre à ses regards sous des traits enchanteurs
Et lui fait éprouver d'inneffables douceurs.

Il aime à voir aussi ces beaux lieux dont l'histoire
A la postérité conserve la mémoire :
Ces lieux où la vertu, la science et l'honneur,
Se montrèrent jadis avec tant de splendeur!
Dans ces heureux climats où l'argile respire,
Il sent frémir sous lui les cordes de sa lyre,
Et dans le souvenir de tant d'illustres noms,
Il cherche tour-à-tour des inspirations. . . . .

Quand pourrai-je presser, sous mon pied solitaire,
Les sables répandus sur la rive étrangère !
Quand pourrai-je, appuyé sur un marbre fameux,
Rêver au souvenir de ses faits glorieux ;
Et parmi les rochers, les ronces, les épines,
Voir le nom des héros gravé sur les ruines !

O Rome ! c'et vers toi que tendent tous mes vœux.
Que ne puis-je admirer les restes précieux
De ces fiers monuments, dont la noble structure,
A fait l'étonnement de toute la nature !

Que ne puis-je porter mes pas retentissants
Vers ce temple où le Christ vit ses premiers enfants,
Dans les sombres réduits de ses voûtes nombreuses,
Célébrer l'Eternel par des hymnes pieuses !

Que ne puis-je un moment contempler le saint lieu,
Où jadis sur la croix expira l'homme-Dieu !
Où pour nous racheter et nous rendre à la vie,
Le Christ, avec la mort, souffrit l'ignominie ! ! !
Mont sacré ! quand pourrai-je arriver jusqu'à toi ?
Quand verrai-je surgir tout-à-coup devant moi,
L'Amphithéâtre saint de tes hauteurs sublimes,
Et prosterner mon front sur tes pieuses cîmes ?

Quand pourrai-je, semblable à l'aigle audacieux,
M'élancer au sommet de ces monts orgueilleux
Dont la tête superbe, au milieu des nuages,
Semble braver le choc du vent et des orages ?
Quand pourrai-je, du haut de leurs superbes fronts,
Contempler, à mes pieds, la plaine et les vallons,
Et sur les flots lointains de l'océan immense,
Voir blanchir le vaisseau qui vers le port s'avance ?

Quand pourrai-je, aux rayons du soleil expirant,
Cotoyer d'un beau lac le rivage odorant ;
Et, sans m'embarrasser du vent ni des étoiles,
A ses flots azurés abandonner mes voiles ?

Voilà le seul trésor, voilà le seul plaisir
Que mon cœur, aujourd'hui, demande à l'avenir.
Ces prodiges nombreux, répandus dans le monde,
Et qui prouvent de Dieu la puissance féconde ;
Ces sublimes beautés, ces chefs-d'œuvre divers
Dont la main du Très-Haut décora l'univers ;
Tous ces grands monuments qu'ici-bas l'homme admire
Peut-être inspireraient d'heureux sons à ma lyre ;
Peut-être que ma muse, à ces brillants tableaux,
Puiserait des couleurs et des traits plus nouveaux,
Et que ma faible voix, au foyer du génie,
Retrouverait des chants plus remplis d'harmonie...

VIII.

L'ATTENTE.

« Six fois l'airain sonore a répété les heures,

« Depuis que, seule, assise au pied de cette croix,

« Je chante ; mais l'écho des profondes demeures

    « Répond seul à ma voix.

« C'est en vain que j'écoute à travers le feuillage,

« Aucun bruit n'a troublé le calme du désert.

« L'oiseau seul fait entendre, au fond de ce bocage,

    « Un aimable concert.

« Le ruisseau qui serpente avec un doux murmure
« Va s'égarer au loin à travers les roseaux ;
« Et le zéphir du soir, de son haleine pure,
    « Vient caresser ses eaux.

« O toi qui fus toujours mon espoir et ma vie,
« Unique et cher objet qui règnes dans mon cœur,
« Viens goûter en ces lieux, auprès de ton amie,
    « Le suprême bonheur !

« Oh ! viens, car le soleil, au bout de sa carrière,
« Ne jette plus, hélas ! qu'un rayon pâlissant.
« Mon œil n'aperçoit plus dans la nuée altière
    « Son char éblouissant.

« Ses derniers feux ont lui sur les vertes campagnes,
« Et quitté de ces bois le réduit enchanté ;
« A peine on voit encore au sommet des montagnes
    « Leur mourante clarté.

« Bientôt la sombre nuit, de ses humides voiles,
« Va couvrir, à la fois, la plaine et le vallon ;

« Et la lune , au milieu des brillantes étoiles,

   « Paraître à l'horison.

« Mais qui peut l'entraîner loin de celle qui l'aime,

« Et causer à mon cœur de si cruels retards ?

« Qui peut, loin de ces lieux, de cet autre moi-même

   « Enchaîner les regards ?

« Toi qui sus m'inspirer une si belle flamme,

« Hate-toi, car l'absence est un poison mortel,

« Qui fait couler, hélas ! jusqu'au fond de mon âme,

   « L'amertume et le fiel.

« Hâte-toi, car le temps, sur une aîle légère,

« S'enfuit, et dans son vol emporte nos beaux jours;

« Et, dans le cœur glacé de la vieillesse austère,

   « S'éteignent les amours........

« Hâte-toi d'en jouir, puisqu'il est temps encore;

« Demain peut-être, hélas ! un triste souvenir

« De ton âme viendra tirer, avant l'aurore,

   « Un déchirant soupir !

« Demain peut-être au pied de la croix solitaire,

« Mon corps reposera, de ce triste sommeil,

« Qui ferme pour jamais notre faible paupière

     « Et n'a pas de réveil ! ! !

« Oh ! viens du moins alors, viens à ma jeune tête

« Attacher de tes mains la couronne de fleurs ;

« Et donner à ma bouche endormie et muette

     « Le baiser de douleurs !

« Viens souvent visiter la riante vallée

« Qui servit tant de fois d'asile à notre amour ;

« Et cultiver autour de ma tombe isolée

     « La fleur qui vit un jour !....

Elle dit et sa voix, éteinte et défaillante,

Essaya vainement d'articuler un son ;

Mais on voyait encor sur sa lèvre mourante

     Errer un tendre nom.

Ne désespère point, ô fille infortunée !

Bientôt le désespoir fera place aux plaisirs,

Quand tes beaux yeux verront cette heure fortunée
Qu'appellent tes désirs.

Pourquoi quitter la vie, à peine à ton aurore,
Et chercher du trépas le souffle destructeur,
Quand tes lèvres pourraient longtemps presser encore
La coupe du bonheur ?

Le Ciel réserve encore à ton ame candide
De doux épanchements, ainsi que d'heureux jours;
Il présente à ta main innocente et timide
La rose des amours.

Mais, hélas ! pour jamais elle s'est endormie;
La voix du rossignol ne l'éveillera pas,
Et son amant verra sur sa bouche flétrie
Les horreurs du trepas ! ! !

IX

INVOCATION A L'ESPÉRANCE.

Descends des cieux, ô divine Espérance !
Viens ranimer mes esprits défaillants ;
Viens, par l'effet de ta douce influence,
Calmer en moi les soucis dévorants ;
Viens réveiller par ton tendre sourire,
Ce doux espoir qui fuyait de mon cœur ;
Et, sous les traits de mon aimable Elmire,
Viens me montrer l'image du bonheur.

4

Entends ma voix, vierge auguste et céleste!
Daigne un moment te reposer en moi.
Dans mes ennuis, le seul bien qui me reste,
Est de pouvoir me reposer en toi.
Daigne inspirer à mon cœur qui soupire,
D'un doux espoir le charme séducteur;
Et, sous les traits de mon aimable Elmire,
Viens me montrer l'image du bonheur.

Il fut un temps où mon âme ingénue,
Sans craindre rien, espérait chaque jour :
Comme un éclair qui sillonne la nue,
Ce temps, hélas! s'est enfui sans retour!
Pour réveiller ce sublime délire,
Jette sur moi ton regard protecteur;
Et, sous les traits de mon aimable Elmire,
Viens me montrer l'image du bonheur.

Le nautonnier menacé du naufrage,
Et balloté par les flots écumeux,
Espère enfin atteindre du rivage
Les doux rochers et les sables heureux.. . .

Pour éprouver le charme qui l'inspire,
Fais-moi sentir ton pouvoir bienfaiteur ;
Et, sous les traits de mon aimable Elmire,
Viens me montrer l'image du bonheur.

L'humble proscrit, sur la rive étrangère,
Espère encor contempler ces beaux lieux
Où, trop heureux, sous les yeux de son père,
Il put fouler le champ de ses aïeux.
Rends-moi l'espoir dont le charme l'attire,
Et de son sort adoucit la rigueur ;
Et, sous les traits de mon aimable Elmire,
Viens me montrer l'image du bonheur.

Le malheureux qui gémit dans les chaînes,
Privé du jour qui lui paraît si beau !
Espère encore au milieu de ses peines,
Revoir des cieux le ravissant tableau.
De ce soleil qu'il aime et qu'il admire,
Découvre-moi la divine splendeur ;
Et, sous les traits de mon aimable Elmire,
Viens me montrer l'image du bonheur.

Et ce vieillard dont la tête blanchie

Tremble et se courbe ainsi qu'un vieil ormeau,

Près de finir sa languissante vie,

Espère encor un avenir plus beau.

Rends-moi le bien auquel son âme aspire,

Et dont l'espoir adoucit sa langueur,

Et, sous les traits de mon aimable Elmire,

Viens me montrer l'image du bonheur.

Le feu caché qui brûle dans mon âme,

Pourrait encore embellir mes beaux jours,

Si la chaleur qui jaillit de sa flamme,

De quelque espoir rassurait mes amours.

Ah! si jamais tu me venais sourire,

Et me montrer ton œil consolateur,

Viens sous les traits de mon aimable Elmire,

Et j'aurai vu l'image du bonheur.

LE SOIR.

A l'heure où le soleil, de ses derniers rayons,
A peine luit encor sur la cîme des monts ;
Alors que le jour fuit, et que la nuit obscure,
Par degrés se répand au sein de la nature,
Que j'aime, au fond d'un bois vaste et silencieux,
Entendre, tout à coup, ce bruit mystérieux
Qui, semblable aux soupirs d'une amante plaintive,
Frappe agréablement mon oreille attentive !
C'est le zéphir du soir, au souffle caressant,
Qui balance des bois le feuillage naissant,

Et qui, sous le cristal de l'onde transparente,

Repose mollement son aîle frémissante.

Avançons.....à travers les flexibles rameaux,

Mon œil voit voltiger une foule d'oiseaux

Dont les chants gracieux et l'aimable ramage

Font résonner au loin les échos du bocage.

C'est là que revenant s'abriter tous les jours,

Ils méditent en paix le fruit de leurs amours;

Et que, loin des cités, leur foule réunie

Coule tranquillement une innocente vie.

Que ne puis-je, isolé du reste des humains,

Comme eux, aux champs, couler des jours purs et sereins!

Que ne puis-je, comme eux, au sein de la nature,

Goûter le vrai bonheur, la felicité pure,

Qui, bannis du séjour des mortels inconstants,

Ne se trouvent jamais qu'au milieu de nos champs!

Heureux, cent fois heureux, le modeste poète

Qui peut jouir en paix d'une douce retraite!

Loin des vastes cités, loin d'un monde imposteur,

Sans contrainte, il se livre au penchant de son cœur.

Dans les nobles transports d'un sublime délire,

Il presse librement les cordes de sa lyre;

Et, semblable à l'oiseau qui chante sur ces bords,
Il charme la forêt de ses heureux accords.
Depuis le haut sapin jusqu'à la jeune plante,
Tout, dans ces heureux lieux, le ravit et l'enchante;
Tout s'offre à ses regards sous des traits séduisants,
Et prête un nouveau charme à ses nobles accents.
Ici, c'est un vieux chêne à la tête touffue,
Qui paraît s'élever au dessus de la nue;
Là, c'est un vieux sapin, dont les jets vigoureux
Semblent vouloir atteindre à la voûte des cieux;
Plus loin, est un berceau d'un verdoyant feuillage
Qui, contre le soleil, présente un doux ombrage,
Et qui, par la fraîcheur de ses épais rameaux,
Invite le passant aux charmes du repos;
Ailleurs, sous un rocher, la source la plus pure
Jaillit et se répand sur un lit de verdure ;
Puis, fuyant à travers un humide gazon,
Elle va, de ses eaux, arroser le vallon.
C'est ainsi que, partout, quelque beauté nouvelle
Sait inspirer des chants à sa muse fidèle.

Mais l'étoile du soir, de sa douce clarté,
Vient embellir encor ce séjour enchanté.
Son char mystérieux, sous un ciel sans orage,
De ses pâles rayons colore un beau nuage;
Et comme un grand flambeau suspendu dans les airs,
Eclaire le bocage et ses sites divers.

Déjà l'oiseau des nuits, sur le tronc solitaire,
Annonce que le jour s'est éteint sur la terre,
Et que la sombre nuit, d'un voile ténébreux,
Couvre des monts altiers le front majestueux.

L'ORAGE.

O vous qui labourez la terre !
Vous dont les sages mains préparent nos moissons,
Gagnez chacun votre chaumière ;
Car l'air est obscurci par d'affreux tourbillons.

Hâtez-vous ; car, sur la montagne,
A paru tout-à-coup le nuage au flanc noir. . . .
Et les oiseaux de la campagne,
Retirés dans le bois, ne se laissent plus voir.

Déja la foudre au loin éclate ;
Dejà le ciel obscur est sillonné d'éclairs,
Et le prudent nocher se hâte
De conduire sa barque au rivage des mers.

Entendez-vous la cloche du village
Appeler aux lieux saints le pieux laboureur,
Afin de dissiper l'orage
Et d'écarter d'ici l'ouragan destructeur ?

Aussitôt la foule pieuse,
A ce sacré signal accourt de toutes parts ;
Et, sur la plaine spacieuse,
Jette, hélas ! en tremblant, ses timides regards.

« Grand Dieu ! s'écriaient-ils, daigne écarter l'orage
« Qui menace aujourd'hui nos paisibles sillons !
« Daigne nous conserver le modeste héritage
« Qui promet à nos vœux d'abondantes moissons !

« Entends, entends nos voix, toi qui sur cette terre,

« Ne détournes jamais ton œil des malheureux,

« Et ne rejettes point la fervente prière

« Qui, comme un pur encens, s'élève vers les cieux.

Ainsi, la foule consternée,

Adressait au Dieu fort ses timides accents;

Et sur la pierre prosternée,

Suppliait sa bonté de veiller sur ses champs.

Celui qui, du haut de son trône,

Commande à l'univers d'exécuter ses lois;

Qui brise, à son gré, la couronne,

Comme un hochet d'enfant, sur la tête des rois!

Ce Dieu puissant et secourable

A vu la piété de ces bons laboureurs;

Et soudain sa voix redoutable

Ordonne aux aquilons de calmer leurs fureurs.

Bons habitans de la vallée,

Rassurez-vous, le Ciel vient d'exaucer vos vœux.

Voyez-vous la voûte étoilée

Reprendre, par degrés, son éclat merveilleux?

Déjà l'orage s'évapore

Et va se décharger dans un pays lointain ;

Bientôt vous allez voir encore

L'astre éclipsé briller sous un ciel plus serein.

L'arc-en-ciel, brillant de lumière,

Etale à l'univers ses plus riches couleurs.

Quittez chacun votre chaumière,

Et reprenez enfin vos travaux bienfaiteurs.

XII

L'HOMME.

Quand l'immortel auteur de la terre et des cieux
Eut créé l'univers et ses hôtes nombreux;
Pour achever enfin son imparfait ouvrage,
Faisons l'homme, dit-il, à notre chère image.

Dès-lors l'homme, sorti des mains du Créateur,
Put contempler des cieux le spectacle enchanteur;
Il put considérer cette foule d'étoiles
Qui de la sombre nuit éclaircissent les voiles,

Son esprit put sonder les mystères divers
Qui régissent les lois de ce vaste univers ;
Et son cœur, adorant la sagesse suprême,
Offrir un pur hommage au Créateur lui-même.

Tout est noble dans lui, tout est majestueux ;
La force et la grandeur éclatent dans ses yeux.
A son front rayonnant, à sa noble structure,
On reconnaît bientôt le Roi de la nature ;
Il commande : à sa voix, les plus fiers animaux,
Soumis, intimidés, rentrent dans le repos.
L'orageux océan semble rouler ses ondes
Pour jeter à ses pieds le tribut des deux mondes.
Sa main puissante élève, au vaste sein des eaux,
Des chefs-d'œuvre parfaits, des prodiges nouveaux,
Et, sur les bords mouvants des plus profonds abîmes,
Erige tout-à-coup des monuments sublimes !

Tel est l'homme puissant ; mais l'homme vertueux,
De bien plus nobles traits brille encore à nos yeux :

Insensible aux grandeurs qui passent sur la terre,
Son grand cœur ne s'émeut qu'aux cris de la misère.
Jamais le malheureux, jamais l'être souffrant
Ne vint à sa pitié recourir vainement ;
Jamais, dans ses plaisirs, la voix de l'infortune
Par ses cris douloureux ne lui fut importune.
L'indigence a pour lui des droits bien plus sacrés
Que la richesse au sein de ses palais dorés.
Loin de fuir les regards de l'homme misérable,
Il aime à voir en lui les traits de son semblable,
Et l'or qu'il a glissé dans sa tremblante main,
Réveille l'espérance au milieu de son sein.

Ce n'est pas tout encor. Si sa main bienfaisante
Procure aux malheureux une froide substance;
Son cœur compatissant, par de sages avis,
Rappelle à la gaîté leurs visages flétris.
Il plaint les maux cruels qui pèsent sur leurs têtes,
Et s'afflige avec eux de leurs peines secrètes.
Oh ! quel charme puissant, quel séduisant attrait
A pour l'infortuné ce touchant intérêt !

Ces doux épanchements, dans son âme attendrie,
Réveillent à la fois l'espérance et la vie.
Soutenu par la voix d'un doux consolateur,
Il ne tombera plus sous les coups du malheur.
Un mortel bienfaisant daigne essuyer ses larmes,
Et calmer dans son sein les cruelles alarmes.

Ainsi, l'homme doté d'un cœur compatissant,
Rappelle l'espérance au sein de l'indigent,
Et, par ses tendres soins, appaise dans son âme
Du sombre désespoir la dévorante flamme.
C'est par là seulement que l'homme bienfaiteur
Se montre presqu'égal à son divin auteur;
C'est à de pareils traits que l'homme charitable
Se montre de son Dieu l'image véritable,
Et qu'il mérite enfin les destins glorieux
Qui lui sont réservés dans les célestes lieux.

XIII

LE VALLON.

Salut ! aimable solitude,
Vallon sombre et mystérieux,
Où me ramène l'habitude,
Où mon cœur tranquille est heureux.

Dans la cité tumultueuse,
Théâtre des vœux indiscrets,
Jamais la muse harmonieuse
Ne rendit des accords parfaits.

Ce n'est qu'au sein de la nature,
Parmi les vallons et les bois,
Que cette vierge chaste et pure
Aime à faire entendre sa voix.

Là, tout est calme et doux comme elle;
Tout, jusqu'aux plus simples gazons,
D'une grâce toujours nouvelle,
Charme ses inspirations.

Fuis donc, ô ma lyre naissante !
Fuis des humains les sombres toits,
Et, dans ce vallon qui m'enchante,
Viens, et prélude sous mes doigts !

Sous un Ciel pur et sans nuage;
Au doux murmure des ruisseaux,
Que j'aime à voir, sous le feuillage,
S'abriter les charmants oiseaux !

Que j'aime à voir la fleur nouvelle
S'ouvrir au souffle du zéphir,

Et, dans leur ardeur mutuelle,
Trouver l'image du plaisir !

Que j'aime à voir sur la colline
Bondir le paisible mouton ;
Alors que le soleil s'incline
Sous les plaines de l'horizon !

Ainsi ma muse solitaire,
Loin d'un monde bruyant va chercher des concerts ;
Et le vallon qu'elle préfère,
A ses chants vient parfois inspirer d'heureux vers.

XIV

DIEU.

Créateur absolu du ciel et de la terre,
Il dirige à son gré l'astre qui nous éclaire ;
Maître de l'univers, à sa puissante voix,
Tous les êtres créés exécutent ses lois ;
Père du genre humain, sa bonté paternelle
Veille sur ses enfants avec un tendre zèle ;
Dieu juste, il récompense ou punit les mortels
Par des biens infinis ou des maux éternels ;
Mais, dans ses jugements, la divine clémence
Du côté du pardon fait pencher la balance,

Et ce Juge sévère, aux redoutables traits,
Loin de nous châtier, nous comble de bienfaits.
Tel est le Dieu puissant que l'univers adore ;
Tel est l'être immortel que le chrétien implore.
Principe de tout bien, source de tout bonheur,
Il est des malheureux le doux consolateur ;
Il nourrit les oiseaux qui peuplent nos campagnes ;
Il fait croître le chêne au sommet des montagnes ;
Il féconde la fleur qui naît au sein des bois ;
Il soutient l'orphelin contre d'injustes droits ;
De l'impie orgueilleux il confond l'arrogance,
Et du juste opprimé proclame l'innocence.

XV.

L'AVEUGLE.

« Vous qui voyez la lumière féconde
« De ce brillant soleil qui se cache à mes yeux,
     « Heureux mortels, riches du monde,
« Ayez pitié de mon sort malheureux!

  « Pour appaiser mes cruelles alarmes,
     « Je ne demande point de l'or.
     « Un peu de pain, mouillé de larmes,
     « Et je suis trop heureux encor.

« Ne fermez point l'oreille à ma prière;
    « Oh! ne me laissez pas mourir....
    « Je suis vieux, pauvre, et sur la terre,
    « Ma destinée est de souffrir. »

Il disait, mais hélas! la foule indifférente
Passait sans écouter cette plainte et ce cri;
Nul n'avait entendu sa prière touchante;
Aucun cœur à sa voix ne s'était attendri.

Son chien, seul être encor qui l'aimât sur la terre,
Debout à ses côtés, murmurait sourdement,
Comme pour implorer un regard tutélaire
    De l'insensible et froid passant.

    Témoin de sa longue souffrance,
    Son seul appui, son seul guide ici-bas,
Le fidèle animal n'aura pas l'imprudence
    D'abandonner ses tristes pas.

Mais la bête a senti chanceler l'aumonière
Que son cou, faible encor, soutenait tristement :
C'est un morceau de pain, aumône salutaire,
    D'un cœur tendre et compatissant.

Ce pain pourrait calmer la faim qui la tourmente ;
Mais son maître est aussi tourmenté par la faim....
Elle n'hésite point et, d'aise palpitante,
Lui présente aussitôt le précieux butin.

Riche au cœur insensible, arrête et considère
Ces êtres malheureux partager tristement
Le morceau de pain noir qu'une main étrangère
    Leur tendit en passant !...

    Ah ! si du moins, tendre et compatissante,
      Ta main offrait aux malheureux,
    Les restes dédaignés de ta table opulente,
    Combien ces dons leur seraient précieux !

Mais, à ton cœur d'airain, la plainte est importune,
Et tu vois, sans pitié, souffrir les indigents,

Comme si les bienfaits de l'aveugle fortune
    N'étaient pas inconstants.

Si le Ciel t'a fait riche et puissant sur la terre,
C'est pour faire l'aumône à ces infortunés
Qui, courbés sous le poids d'une affreuse misère,
    Te tendent leurs bras décharnés!...

Demain l'or éclatant de ta superbe mante
Se changera, peut-être, en haillons dégoûtants,
Et celui qu'oublia ton âme indifférente,
A son tour fermera l'oreille à tes accents.

XVI.

PLAINTE ET RÉSIGNATION.

Puisqu'il est vrai que sur la terre,
L'homme ne vit que pour souffrir ;
Semblable à la fleur solitaire,
Il devrait naître et puis mourir....

La mort, du moins, finirait sa souffrance ;
Il dormirait dans le champ du repos ;
Mais des destins la fatale puissance,
Avec ses jours, prolonge encor ses maux.

Vous qui vivez dans une paix profonde ;
Vous qui coulez des jours purs et sereins,
   Demandez au maître du monde
De prolonger vos trop heureux destins.

   Pour moi qui ne vois dans la vie,
   Que douleur et qu'affliction,
   Chaque matin, je le supplie
   De rayer d'ici-bas mon nom.

Mais, c'est en vain que ma bouche l'implore :
Ce Dieu cruel est sourd à mes accents,
Et le matin, je me retrouve encore,
Comme le soir, au nombre des vivants.

   Ainsi nos bouches indiscrètes,
   Osent souvent se plaindre aux cieux.
   Faibles mortels! humilions nos têtes,
   Et respectons la sagesse des Dieux.

Dans le bonheur, comme dans l'infortune,

Baisons la main du Dieu qui nous créa,

Et que jamais, notre voix importune,

Ne lui demande un bien qu'il nous ôta.

SUR LA MORT DE MA MÈRE.

Ma mère! elle n'est plus. Un destin déplorable
Hélas! vient de briser la chaîne de ses jours :
Elle n'est plus! O Ciel! la mort impitoyable,
A mes embrassements l'arrache pour toujours!

    Pour toujours! et je n'ai plus de mère...
    O pour mon cœur douloureux souvenir!
    Vous qui saviez comme elle m'était chère,
      Mon Dieu, pourquoi me la ravir?

Je crois la voir encor cette triste journée
Où l'âme de ma mère aux cieux est retournée.
Qu'elle était belle hélas! dans ses derniers moments !
Le calme le plus doux régnait dans tous ses sens ;
Elle avait oublié les douceurs de la vie ,
De célestes pensers son âme était remplie ;
La foi lui dévoilait ses mystères divins ,
Et lui montrait déjà la couronne des saints.
Le soir elle me dit d'une voix défaillante :

« Mon fils , je vais bientôt mourir.
« Je quitterai sans peine une vie expirante ;
« Mais, sans moi, jeune encor, que vas-tu devenir ?
« La mort , en t'enlevant ta malheureuse mère ,
« Du plus grand des malheurs frappe tes jeunes ans;
« Mais il te reste encor, dans le Ciel , un bon père
« Qui ne délaisse point ses vertueux enfants.
« Apprends donc à l'aimer, et sa main paternelle
« Dans ce monde toujours te servira d'appui ;
« C'est lui qui, dans ce jour, près de lui me rappelle;
« Il nous réunira si tu n'aimes que lui. »

Elle dit, et sa bouche hélas! resta muette.
Et son front se couvrit d'une froide sueur;
Ce symptôme effrayant sur ses traits se répète
Et nous fait redouter le moment de terreur.

Je voulais me jeter dans les bras de ma mère.
On me fit éloigner de son lit de douleur.
Son mal contagieux.... Ah! la vie est peu chère
A celui qui toujours doit répandre des pleurs!

J'approche tristement de la couche mortelle...
  Hélas! ma mère n'était plus.
  Déjà de ses rares vertus
Elle allait recevoir la couronne éternelle.

Dans ce moment fatal, que je versai de pleurs!
Que je poussai de cris, dans ma douleur profonde!
  Frappé du plus grand des malheurs,
  Je ne voulais plus voir le monde.

Ah! si du moins j'avais pu recueillir
Et son dernier baiser et son dernier soupir!...

Sa perte pour mon cœur eût été moins cruelle ,
Je n'eusse été frappé d'une douleur mortelle ;
Ce soin eût adouci mon mortel déplaisir.

Quel avenir pour mes jeunes années !
Que de pleurs vont couler de mes yeux abattus !
Ma mère , ah ! quand vous n'êtes plus ,
Pourrais-je encor souffrir mes trop longues journées?

Non , votre fils soupire après le jour
Où, libre enfin des chaînes de la vie ,
A jamais il pourra dans l'éternel séjour
Se réunir à sa mère chérie.

XVIII

LA FIANCÉE.

Oh ! dis-moi, qu'as-tu fait de ta gaîté bruyante ?
Qu'as-tu fait de tes chants d'allégresse et d'amour ?
Hélas ! rien n'émeut plus ton âme indifférente
    Aux rayons d'un beau jour !

Quel souvenir amer, quelle triste pensée
Tout-à-coup, vint troubler tes innocents plaisirs ?
Quel lugubre tableau, dans ton âme oppressée,
    Fait naître des soupirs ?

6

C'est que, par un arrêt insensible et barbare,
Son père osa, dit-on, disposer de son cœur,
Sans savoir si l'époux qu'à sa fille il prépare
         Peut faire son bonheur.

Hélas ! il ignorait que l'amour le plus tendre
Avait déjà fixé le destin de ses jours,
Et que son cœur épris, refuserait d'entendre
         Parler d'autres amours.

L'avarice poussa son âme mercenaire.
Mais l'or a-t-il jamais procuré le bonheur ?
Hélas ! le plus souvent, il devient sur la terre,
         La source du malheur.

Insensé, qui croit voir dans ce sombre hyménée,
Du bonheur le plus doux le séduisant tableau ;
Quand peut-être demain, sa fille infortunée
         Sera dans le tombeau !...

Le jour allait paraître, et la jeune victime,
De ses yeux languissants laissa couler des pleurs ;

Son âme a pressenti du redoutable abîme
  Les noires profondeurs.

Comme un timide agneau marche à la boucherie,
Et suit, sans résister, l'impitoyable main
Qui va livrer bientôt son innocente vie
  Au boucher inhumain....

Ainsi l'infortunée avançait vers l'église,
Sans pousser une plainte ; et le devoir cruel
Vint arracher enfin, à sa bouche soumise,
  Le serment solennel.

Le ministre a porté la terrible sentence.
Le sort de la victime est fixé pour toujours ;
Il ne lui reste plus que la triste espérance
  De voir finir ses jours.

Pourquoi vouloir la mort, ô fille infortunée ?
Si jeune encore hélas ! est-ce à toi de mourir ?
Avant le soir pourquoi terminer ta journée ?
  Espère en l'avenir.

Peut-être l'avenir verra poindre l'aurore

De ce jour fortuné qu'appelle en vain ton cœur ;

Et tes lèvres pourront enfin presser encore,

La coupe du bonheur.

Mais en vain… la douleur a flétri tous ses charmes ;

Le souffle de la mort a terni ses attraits ;

Elle n'est plus ! son père essuya quelques larmes

Inutiles regrets !…

Un seul être sentit une douleur profonde ;

Et son œil languissant versa toujours des pleurs.

Il mourut, car son cœur n'avait plus dans ce monde,

Que peines et douleurs.

XIX

L'AUTOMNE.

Quand la feuille des bois, par le vent desséchée,
Jaunit, et vers le tronc languissamment penchée,
Tombe et que sa dépouille a jonché le gazon;
Que j'aime à m'égarer dans un sombre vallon!
Là, tout parle à mon cœur, et mon âme attendrie
Se livre sans contrainte à la mélancolie...

Ce nuage qui passe, emporté par les vents,
Me dit que sur la terre ainsi passent nos ans;

Qu'au milieu d'un beau jour, souvent naît un orage;
Et que le vrai bonheur n'est point notre partage.

Si, d'un ruisseau limpide et paisible en son cours,
Je contemple, un moment, les gracieux détours;
Ainsi, me dis-je alors, le sage sur la terre,
Achève loin du bruit sa course solitaire.
Les richesses, l'orgueil, la folle ambition
Ne viennent point troubler son austère raison ;
Et son cœur, insensible aux vains plaisirs du monde,
Adore du Très-Haut la sagesse profonde.
Oh ! combien cette étude a de plus doux appas
Que ces biens passagers qu'on adore ici-bas !
Tel encore, à mes yeux, un modeste poète
Aime à passer sa vie au sein de la retraite;
Loin du bruit des cités, sous un ciel enchanteur,
Il trouve le plaisir, peut-être le bonheur...
O rois ! gardez pour vous les palais de la terre
Et laissez à son cœur un réduit solitaire.

Mais si d'un fier torrent le cours impétueux
Roule avec grand fracas ses flots tumultueux;
De l'homme ambitieux j'y retrouve l'emblème.
Ah ! s'il pouvait un jour, admis au rang suprême,
Contempler à ses pieds tous ces peuples divers
Qui vivent au milieu d'un immense univers,
Ses vœux seraient comblés. Dès lors son grand courage
Dans les camps se repaît de sang et de carnage ;
Tout lui cède déjà, tout fléchit sous ses coups,
Il est Roi.... L'univers embrasse ses genoux;
Mais hélas! ce Dieu fort qui, maître du tonnerre,
Sut confondre toujours l'orgueilleux sur la terre,
Précipite à jamais, ce géant monstrueux,
Du trône où le plaça son cœur ambitieux ;
Et celui qui naguère était maître du monde,
Déplore maintenant sa misère profonde ;
Enfin ce potentat, ce superbe héros
Descend, et pour toujours, dans la nuit des tombeaux !..

Vous qui rêvez sans cesse aux honneurs de la vie,
Reconnaissez enfin qu'elle est votre folie.

Ah! si l'homme, ici-bas, peut prétendre au bonheur;
Ce n'est point au milieu d'une vaine grandeur,
Qu'il trouvera jamais un sort doux et prospère;
Le bonheur fuit toujours les trônes de la terre.

Cette feuille qui tombe au souffle des autans,
C'est la chute des rois, des empires puissants.
Des révolutions la soudaine tempête
Ainsi vient renverser leur idole muette.
Longtemps on vit ces rois, fiers et victorieux,
Faire et dicter des lois à des peuples nombreux;
Mais leur règne est passé comme une ombre légère,
Et le temps a détruit jusques à leur poussière!!!

La rose qui se fane au déclin d'un beau jour,
Me dit que la beauté se flétrit à son tour;
Comme la tendre fleur, elle brille à l'aurore,
Et comme elle le soir la voit faner encore...

. . . .

. . . .

Quelquefois d'un vieux pin la sauvage harmonie
Vient ajouter encore à ma mélancolie ;
Et les accords plaintifs du chantre des déserts
A ma Muse naissante inspirent des concerts.

XX.

POUR LES PAUVRES.

O vous qui possédez de l'or en abondance,
Vous qui de la fortune épuisez les faveurs,
Riches cruels! d'où vient que la pâle indigence
  Ne touche point vos cœurs!

Pourquoi fermer l'oreille aux accents pathétiques
De ces êtres souffrants, pauvres et malheureux,
Qui répètent au seuil de vos palais magiques
  Des récits douloureux?

Pourquoi?.. c'est qu'au milieu de ces fêtes brillantes
Où l'homme, sous ses pas, voit naître les plaisirs ,
Il n'entend point hélas ! des âmes indigentes
    Les déchirants soupirs !

Alors que l'on est riche et puissant sur la terre,
Et qu'on tient dans ses mains, la coupe du bonheur ;
On ignore qu'il est une affreuse misère,
    Une extrême douleur...

Ah ! si jamais, touché des cris de la souffrance,
Riche au cœur inhumain, tu dirigeais tes pas
Vers ces lieux où gémit la timide indigence ,
    Que n'y verrais-tu pas?

Ici, c'est une veuve infirme et malheureuse,
Qui voit sa fille en proie aux horreurs de la faim ;
Sans pouvoir lui donner, dans sa misère affreuse ,
    Un seul morceau de pain !

Là , c'est un jeune enfant qui demande sa mère.
Sa mère... Elle est muette à ses cris impuissants ;

Elle n'est plus, la mort a fermé sa paupière,
    A la fleur de ses ans.

Plus loin, c'est un vieillard isolé dans la vie ;
Il a vu succomber sa femme et ses enfants ;
Il va mourir hélas! sans qu'une main amie
    Ferme ses yeux mourants !

Il fut riche autrefois ; mais l'aveugle fortune
L'accabla tout-à-coup de cruelles rigueurs ;
Et sa vieillesse alors, à lui-même importune ,
    S'éteignit dans les pleurs.

Malheureux ! qui voyez d'une âme indifférente
Votre seuil arrosé des pleurs de l'indigent,
Craignez à votre tour la fortune inconstante
    Et son dur châtiment.

Donnez, car il est beau d'adoucir la misère.
Oh ! laissez-vous toucher aux cris des malheureux ;
Donnez, si vous voulez que le destin prospère
    Sourie à tous vos vœux.

Semblable à ce beau grain que le laboureur sème,

Et qui produit enfin d'innombrables épis;

Ainsi l'aumône, un jour, recevra de Dieu même,

Un bien plus digne prix.

XXI.

LES TOMBEAUX.

Souvent, quand de la nuit l'étoile solitaire
Se lève à l'horison pour éclairer la terre ;
Alors que le silence et le recueillement
Remplissent l'univers d'un mystère imposant,
J'aime à guider mes pas vers cette enceinte sombre
Que le cyprès funèbre entoure de son ombre.
Là mes yeux attendris se portent tour à tour,
Sur ces noirs monuments qui dérobent au jour
Tant de sages vieillards, tant de jeunes victimes,
Par la mort engloutis dans la nuit des abîmes !...

Ici git un jeune homme. Il passait tour à tour
Des rêves de la gloire, aux rêves de l'amour.
Dans son cœur généreux l'amour de la patrie
Balança quelquefois une amante chérie.
Quelquefois il sentit, au seul bruit du tambour,
La nature se taire ainsi que son amour.
Mais hélas! seul appui d'une famille entière,
Le devoir lui fermait cette noble carrière.
D'un père malheureux le funèbre cercueil
Au sein de sa famille, avait porté le deuil.
Sa mère lui restait; mais hélas! ses doux charmes,
Minés par la douleur, s'éteignaient dans les larmes,
D'un époux qui n'est plus le souvenir cruel
Dans son âme versait le poison et le fiel,
Et peut-être qu'un jour le désespoir funeste
D'une vie importune eût dévoré le reste...

Ce penser douloureux détermine son cœur :
A consoler sa mère il met tout son bonheur.

Bientôt ses tendres soins ont éteint dans son âme,
Du cruel désespoir la dévorante flamme.
La tendresse d'un fils vient arracher enfin ,
Le trait mortel hélas ! enfoncé dans son sein.
Par des soins si touchants sa douleur assoupie
Laissait quelque repos à sa mourante vie ;
Un peu de calme allait retourner dans son cœur,
Et peut être à la fin un reste de bonheur...
Mais hélas ! tout-à-coup , cruelle destinée !
Son fils, avant le soir, achève sa journée.
Puisse de ses vertus le souvenir touchant
Arracher une larme au sensible passant !

Là repose une vierge innocente et timide :
La pudeur colorait son front pur et candide ;
Elle était dans cet âge où, d'un rêve enchanteur,
L'amour aime à bercer un jeune et tendre cœur :
Elle aimait, et bientôt le plus doux hymenée
Allait à son amour joindre sa destinée ;
Elle allait être heureuse auprès de son époux ,
Quand tout à coup le ciel, de son bonheur jaloux ,

Frappe inhumainement la victime innocente.

Ainsi la jeune fleur, sur sa tige odorante,

Au souffle du zéphir s'ouvre amoureusement,

Et ferme avant le soir son calice mourant.

Ainsi le même jour voit s'éclipser encore,

Le rayon qu'avait vu naître la douce aurore.

Toi qu'elle aima jadis, viens parer à ton tour,

La tombe où dort en paix la vierge de l'amour;

Viens cultiver des fleurs sur la pierre muette,

Pleurer et t'attendrir sur ta peine secrète.

Plus loin gît un vieillard : sous de tristes lambeaux,

Il fut quatre-vingts ans l'étoile des hameaux.

Tant que le ciel daigna prolonger sa carrière,

La bonté fut toujours sa compagne première ;

Il faisait le bonheur de ses nombreux enfants,

L'espoir de ses amis, l'orgueil des cheveux blancs ;

L'orphelin, dans son cœur trouvait un cœur de père ;

Le malheur à ses maux un baume salutaire ;

Il rapprochait les cœurs par la haine endurcis,

Et les forçait enfin à devenir amis.

7

Puisse le ciel longtemps protéger la vieillesse
De ce digne mortel, guidé par la sagesse!
Puisse-t-il voir en paix s'écouler ses vieux ans,
Et voir naître les fils de ses petits-enfants!...
Mais la cruelle mort, la mort impitoyable,
Frappe inhumainement sa tête vénérable.
Vous qui fûtes témoins de ses rares vertus,
Pauvres enfants! pleurez, votre père n'est plus...
Il n'est plus; mais, du haut de la voûte éthérée,
Il répandra sur vous sa sagesse épurée.
Imitez ses vertus, et que toujours vos cœurs
Soient des peines d'autrui les doux consolateurs.

Plus loin repose encore une épouse chérie.
L'hymen le plus heureux l'attachait à la vie;
Près de son jeune époux la paix et le bonheur
Remplissaient à la fois son jeune et tendre cœur.
Bientôt le ciel propice aux vœux de la prière,
Allait au nom d'épouse unir celui de mère.
Bientôt, d'un tendre fruit son hymen couronné,
Allait voir sur son sein passer son premier-né...

Mais, ô malheureux fruit d'une union chérie !
Ta mère en expirant te rendit à la vie ;
Elle n'a point connu tes doux embrassements ;
Puisses-tu de ton père adoucir les tourments !
Puisse ta douce voix , puisse ton innocence
Consoler ses ennuis et charmer sa souffrance !
Puisse encore le ciel, favorable à mes vœux ,
Accorder à ta vie un destin plus heureux !
Puisse-t-il désormais veiller sur ton enfance,
Et verser dans ton cœur la crédule espérance !...

Ces tableaux déchirants , ces tristes souvenirs
Arrachaient à mon cœur de pénibles soupirs.
Je pleurais sur leur tombe, et mes larmes pieuses
Apaisaient un moment leurs cendres généreuses.

XXII

MÉDITATION.

Nice, aux riants jardins, de tes belles campagnes
Que j'aime à respirer les suaves odeurs !
Que j'aime à parcourir de tes vieilles montagnes
    Les sites enchanteurs !

Du sommet orgueilleux de la roche isolée
Où flottèrent jadis tes premiers étendards ;
J'aime à voir se briser la vague courroucée
    Sur tes rochers épars.

Ainsi, me dis-je alors, expire la colère
De l'homme au front superbe, aux projets inhumains;
Vainement il poursuit le juste sur la terre,
 Dieu confond ses desseins.

J'aime à voir s'égarer sur l'onde fugitive,
Ce frêle et tendre esquif, image d'un beau jour..
Au banquet de ce monde infortuné convive,
 L'homme passe à son tour.

Il passe, et ses amis l'oublîront comme un songe;
Et nul ne gardera son touchant souvenir :
Tel est l'homme ici-bas, sa vie est un mensonge,
 Il est né pour mourir !...

Heureux si, dans les jours qu'il passa sur la terre,
On le vit quelquefois soulager le malheur ;
Riche de ses bienfaits, à son heure dernière,
 Quel sera son bonheur !

Le front calme et serein, il verra venir l'heure
Où le méchant, toujours en butte aux noirs remords,

Ne voit dans l'avenir qu'une sombre demeure,
    Héritage des morts!!...

Mais lui, le cœur joyeux, tout rempli d'espérance,
Avec avidité sonde son avenir :
On dirait, à le voir mépriser la souffrance,
    Qu'il languit de mourir.

Que de biens, en effet, Dieu réserve à son âme!
Chanter avec les cieux le cantique immortel ;
Brûler avec les cieux d'une céleste flamme ;
    Adorer l'Eternel!

Mais, si le noir passé ne présente à sa vue
Qu'un detestable amas de crimes et d'horreurs,
Plaignez ce malheureux; l'heure est enfin venue
    D'expier ses erreurs.

Ce tableau déchirant vient aigrir sa souffrance;
Il voudrait l'oublier; mais hélas! c'est en vain :
Tel un vautour sanglant qui sur sa proie s'élance,
    Lui déchire le sein.

Ainsi le décréta la suprême justice :
Le méchant doit mourir rongé par les remords,
Faibles avant-coureurs de l'éternel supplice,
    Sur les terrestres bords.

Et si dans l'avenir son œil ose descendre,
Grand Dieu! qu'y verra-t-il? un abîme sans fin;
Des tourments éternels qu'il ne voulut comprendre;
    Le plus affreux destin !

Il est donc vrai, mon Dieu, que cette triste vie
N'est point le vrai séjour des malheureux mortels;
Le Ciel, voilà leur but, leur unique patrie,
    Leurs destins immortels.

Mais si, pour arriver en ces lieux de délices,
Il faut que la vertu suive l'homme ici-bas,
Dieu, sur les bords mouvants de ces noirs précipices
    Daigne guider mes pas.

Je ne tomberai point, si ta main tutélaire
A mes pieds chancelants daigne offrir son appui ;

J'arriverai sans crainte à mon heure dernière ;
    Ton étoile aura lui.

Comme un timide faon, sous la roche incrustée,
S'enfonce au seul aspect du sanglier inhumain ;
Ainsi, par le danger mon âme épouvantée,
    Se repose en ton sein.

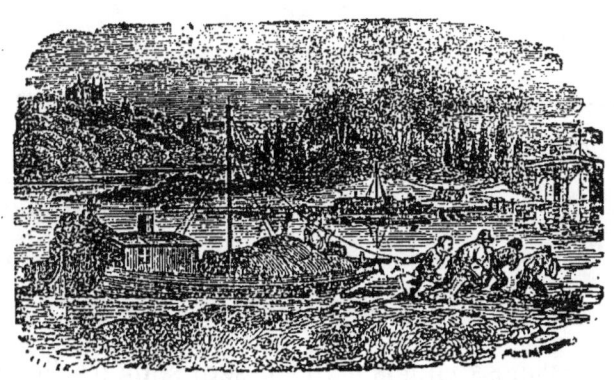

SOUVENIRS D'ENFANCE.

Alors que l'homme en butte aux caprices du sort,
Dégoûté de la vie, appelle en vain la mort ;
Il faut, pour adoucir ses maux et sa souffrance,
Qu'il rappelle à son cœur les jours de son enfance ;
Car cet âge est rempli de charmes séducteurs,
Et les ronces jamais n'y croissent sous les fleurs....
Temps heureux de la vie, où la simple nature,
Avec ses fleurs, ses fruits et sa douce verdure,
Seule suffit aux vœux de nos cœurs innocents,
Et nous fait savourer des plaisirs ravissants !

Tranquilles à l'abri du vent et de l'orage,
Nous voyons nos beaux jours s'écouler sans nuage;
Rien ne saurait troubler la paix de notre cœur;
Un rêve, un souvenir nous donne le bonheur.

Oh! que ne puis-je encore, au milieu de la plaine,
Saisir le jeune agneau d'une main incertaine;
Ou dans les prés fleuris, d'un pas agile et sûr,
Poursuivre un papillon brillant d'or et d'azur!
Que ne puis-je écouter d'une oreille attentive,
Du jeune rossignol la cadence plaintive!
Que ne puis-je écouter le murmure des eaux;
Cueillir la pêche molle et les raisins nouveaux;
Surprendre au fond des bois, sous la feuille cachée,
Du ramier amoureux la brillante nichée;
Voir se débattre en vain sous les nœuds du filet,
Le linot, la fauvette et le chardonneret;
Et rejoignant enfin les enfants de mon âge,
Jouer et m'abritter sous l'ormeau du village!...

. . . .

. . . . , ... , .

Et ce riant jardin où la rose vermeille
Paraissait à travers l'épineuse groseille ;
Où la figue sucrée attirait les regards ;
Où la pomme, la poire et les raisins épars,
Étalant à la fois leur forme gracieuse,
Provoquaient du passant la main audacieuse ;
Ce limpide bassin où l'agile poisson
Errait sans redouter le perfide hameçon ;
Où la lune au milieu de quelque beau nuage,
A mon œil enchanté découvrait son image.
Avec quel doux plaisir je venais, chaque soir,
Contempler à loisir le magique miroir,
Et revoir scintiller, sous la masse enchantée,
Du phare aérien la lumière argentée !
La plaine et le vallon, les bois et les coteaux,
Les rochers, la prairie et les humbles ruisseaux,
Tout semblait s'embellir, et mon âme ravie
Sans épines cueillait les roses de la vie.

Ces heureux souvenirs réveillent dans mon cœur
Un reste de plaisir et même de bonheur ;
Mais d'un bonheur si doux l'image passagère
Bientôt s'évanouit comme une ombre légère ;
Et mon cœur épuisé par des vœux superflus,
Soupire après un bien qu'il ne possède plus,

Ainsi le nautonnier, menacé du naufrage,
Regrette, mais en vain, les rochers du rivage.
Ainsi l'humble proscrit, dans ses destins errants,
Soupire après les lieux chers à ses premiers ans.
Oh ! s'il pouvait revoir cette douce prairie
Où jadis il connut le bonheur de la vie ;
S'il pouvait découvrir le clocher du hameau,
Et la verte colline et le riant coteau....
Mais, sous un autre ciel, la fortune inhumaine
Forgea pour ses ennuis une pesante chaîne,
Et ne lui laissa plus dans son malheureux sort,
Que l'espoir triste hélas ! d'une prochaine mort.

XXIV

UN TENDRE AVEU.

O toi qui m'apparus au sentier de la vie,
Comme un ange envoyé pour guérir ma douleur,
  Adorable Eugénie !
Viens écouter enfin les soupirs de mon cœur.

Sous le poids des ennuis quand mon âme succombe ;
Quand de mon cœur brisé s'échappent les soupirs,
  Viens, ma douce colombe,
Viens connaître et charmer mes cruels déplaisirs.

J'ai retenu longtemps ces aveux de mon âme;
Longtemps j'ai comprimé ses élans amoureux,
  Et ma brûlante flamme
N'a jeté devant toi qu'un jour mystérieux.

Je t'aimais, et pourtant je n'osais te le dire;
L'amour naissant encore est timide et discret,
  Et l'amant qui soupire
Aime à rêver toujours dans l'ombre et le secret.

Que de fois, l'œil fixé sur ces aimables charmes
Qu'aux regards indiscrets dérobe la pudeur,
  D'involontaires larmes
Faillirent de trahir le secret de mon cœur!

Que de fois, poursuivi par une chère image,
Et voulant sans témoin rêver à tes attraits,
  J'ai fui, dans le bocage,
Les regards importuns et les soins indiscrets!

Que de fois, appuyé sur un roc solitaire,
Seul avec ma pensée et mes rêves heureux,

Du Dieu de la lumière
J'ai vu naître et mourir les ineffables feux !

Et Zéphir qui venait agiter la feuillée ;
Et l'oiseau qui chantait sur l'aubépine en fleur,
  Au sein de la vallée,
D'amour et de plaisir faisaient battre mon cœur.

Alors des rêves d'or, des images fleuries
Me montraient le bonheur dans un doux avenir ;
  Émotions chéries,
Préférables cent fois aux attraits du plaisir.

Mais l'amour, qui grandit à l'ombre du mystère,
N'en acquiert bien souvent qu'une plus vive ardeur ;
  A l'œil qui sut nous plaire,
Tôt ou tard il faut bien avouer son vainqueur.

Un seul mot de ta bouche, ô ma céleste amie !
Un seul mot, et je suis au faîte du bonheur ;
  Un seul mot, ou ma vie
Bientôt va se flétrir comme une tendre fleur...

Donnant un libre cours aux rêves de son âme,
Ainsi jadis chantait un amant malheureux ;
      Mais l'objet de sa flamme
Ne reçut point hélas ! l'hommage de ses vœux.

Et lui, le cœur atteint d'une douleur mortelle,
Comme une tendre fleur qu'a touché l'aquilon,
      Languissait et comme elle,
Par degrés de ses jours voyait fuir l'horizon.

Il mourut. Quelques pleurs vinrent mouiller sa tombe.
Inutiles regrets ! soins vains et superflus !
      De la feuille qui tombe
L'arbre stérile et sec ne s'ombragera plus.

XXV

LA PREMIÈRE COMMUNION.

Tandis que le sommeil règne encor sur la terre ;
Et que l'oiseau des nuits, sur le tronc solitaire,
Fait seul entendre au loin ses lugubres accords,
Et semble exister seul sur les terrestres bords;
Alors que tout repose et que tout dort encore,
Pourquoi l'airain sacré devance-t-il l'aurore?
Est-ce pour annoncer aux mortels paresseux,
Qu'il faut au créateur offrir ses premiers vœux ?
Ou bien que cette nuit une âme infortunée
A vu finir enfin sa triste destinée ?

Mais non, ses tintements joyeux et solennels

Appellent les chrétiens aux pieds des saints autels.

Avançons. Sous la nef vaste et silencieuse

Se presse avec respect une foule pieuse.

De guirlandes de fleurs les autels sont parés,

De superbes tapis les murs sont décorés.

Une troupe d'enfants et de vierges pudiques

Répètent de Sion les sublimes cantiques ;

Et de l'orgue sacré les sons harmonieux

Se mêlent quelquefois à leurs concerts pieux.

Ces accords ravissants de céleste harmonie

Rappelaient à mon cœur ces beaux jours de ma vie,

Où brûlant à mon tour d'une pieuse ardeur,

J'allais dans le lieu saint célébrer le Sauveur,

Et par des chants d'amour et de reconnaissance,

De Marie exalter la divine clémence.

Mais le pasteur zélé, par ce touchant discours,

De leurs chants solennels a suspendu le cours :

« Vous qui joignez encore, aux charmes de l'enfance,

« Le précieux trésor d'une douce innocence,

« Et qui dans un cœur pur et modeste à la fois,

« Allez bientôt donner asile au roi des rois,

« O trop heureux enfants! excitez dans votre âme,

« Les pieux sentiments d'une céleste flamme;

« Ouvrez à votre Dieu vos cœurs brûlants d'amour,

« Afin qu'il trouve en eux un aimable séjour.

« Voyez combien ce Dieu vous chérit et vous aime,

« Puisqu'il descend pour vous de son trône suprême,

« Et qu'il vient tout entier habiter parmi vous !

« De ce banquet divin approchez-vous donc tous,

« Et comme dans les cieux les célestes phalanges,

« Venez nourrir vos cœurs du pain sacré des anges!

« Et vous qui partagez, dans ces heureux moments,

« La paix et le bonheur de vos tendres enfants,

« Heureux parents! songez que de cette journée

« Doit dépendre à jamais leur belle destinée,

« Et que leur innocence, au milieu des humains,

« Pourra courir un jour des dangers trop certains.

« Veillez sur ce dépôt que Jésus vous confie :

« C'est de là que dépend le bonheur de la vie. »

Déjà la troupe sainte, à la voix du pasteur,

A senti les effets d'une pieuse ardeur ;

Aux accents vertueux du ministre fidèle ,

Elle a brûlé d'amour, de ferveur et de zèle,

De la table sacrée, en cet heureux moment,

Elle s'est approchée avec recueillement ;

Et ces anges pieux, rayonnants d'espérance,

Ont reçu de ses mains la divine substance.

XXVI.

ADIEUX A LA FRANCE.

Adieu, terre où jadis la crédule espérance,
De rêves enchantés berça mon jeune cœur ;
Où tout semblait offrir à ma timide enfance,
    L'image du bonheur !

Adieu, car ce bonheur ne fut qu'une chimère,
Un songe qui s'envole aux premiers feux du jour,
Un éclair qui sillonne une nuée altière
    Et s'enfuit sans retour.

Adieu ; mais ne crois point que mon âme inquiète
Soupire après un vain et fragile trésor ;
Et que, sous d'autres cieux, ma main trop indiscrète
    Aille chercher de l'or.

L'avarice jamais ne souffla dans mes veines,
Ces projets insensés qui font que les humains
Vont braver, sur les mers , des tempêtes certaines ,
    Pour des biens incertains.

Un plus noble motif occupe ma pensée ,
Et m'entraîne un moment vers ce célèbre bord,
Où la ruine hélas ! à sa grandeur passée ,
    Seule survit encor !...

Que de grands souvenirs retrace à la mémoire
Cette terre où jadis, on vit la vérité
Faire entendre sa voix aux tyrans de sa gloire
    Et de sa liberté !

Là , le jeune guerrier parcourt dans les ruines
Ces noms si glorieux qu'illustra la valeur :

Et ces grands noms, empreints d'auréoles divines,
    L'enflamment pour l'honneur,

Là, le héros naissant invoque la jeune ombre
Du vainqueur d'Annibal, du vaillant Scipion;
Et le républicain, à l'œil austère et sombre,
    Les manes de Caton.

Là, le fier conquérant baise avec complaisance,
Les armes de Pompée et celles des Césars,
Domptant les nations qui de l'empire immense
    Bravaient les étendards.

Le vieux législateur, le magistrat sévère
Y consultent encor ces illustres décrets
Qui, bravant des tribuns le masque populaire,
    Arrêtaient les excès.

L'orateur y salue avec reconnaissance,
L'image du célèbre et brillant Cicéron,
Et croit entendre encor sa sublime éloquence
    En prononçant son nom.

Le chrétien vertueux y cherche les décombres
De ces lieux souterrains où l'on vit autrefois,
Dérober aux tyrans, dans la nuit et les ombres,
    L'étendard de la croix.

Le poète à son tour, dans son noble délire,
Y consulte les chants de ce mortel fameux
Qui sut tirer jadis de sa divine lyre,
    Des sons si gracieux !

Ces grands noms qu'on admire encore sur la terre,
Et dont l'histoire au monde a conservé l'éclat,
Aujourd'hui sans réveil dorment dans la poussière,
    A côté du soldat.

O Rome ! ta puissance a fait trembler le monde,
Et l'univers soumis a reconnu tes lois....
Mais ta gloire aujourd'hui, dans une nuit profonde
    Dort avec tes exploits !

Ton empire est tombé ; mais un nouvel empire,
Plus ferme et plus puissant est sorti de ton sein :

C'est l'empire du Christ que l'univers admire
  Et qui n'a pas de fin !

Tu ne vois plus ce fier et brillant capitole
Déployer dans les airs le drapeau des Césars;
Mais tu verras toujours flotter sur ta coupole,
  Les sacrés étendards.

Voilà quels sont les lieux où je brûle d'atteindre;
Voilà pourquoi je quitte un instant mon foyer :
Semblable au nautonnier qui s'éloigne sans craindre
  Ni vague ni rocher.

Celui qui créa l'homme à sa fidèle image,
Ne donna pas à tous un semblable penchant.
Heureux celui qui peut, sous un ciel sans nuage,
  Voir prospérer son champ !

Heureux celui qui, loin des armes meurtrières,
Dans un réduit obscur voit couler ses beaux jours,
Et qui voit naître enfin sous le toit de ses pères
  Le fruit de ses amours !

Mais, plus heureux encor celui qui de la vie
Méprisant la mollesse et le calme enchanteur,
N'écoute que la voix de cet heureux génie,
   Au souffle inspirateur!...

Oh! si je rapportais, de ce fameux rivage,
Ces rêves enchanteurs, ces inspirations
Qui dictent quelquefois, à l'homme le moins sage,
   Les plus sages leçons!

Si ma muse y puisait cette céleste flamme,
Ce délire touchant, ces sublimes transports.
Ces inspirations qui font mouvoir de l'âme
   Les plus secrets ressorts!

Alors, prenant en main ma lyre bien-aimée,
J'oserais la presser sous mes habiles doigts;
Et je pourrais, sans crainte, à la foule charmée
   Faire entendre ma voix.

XXVII

CONTEMPLATION.

Au sommet d'un vieux mont, sous un roc ténébreux,
S'élève un humble cloître, asile vertueux
D'où jamais n'approcha l'orgueil ni l'imposture.
Un ruisseau que creusa la main de la nature
Entoure ce rocher de ses limpides eaux,
Puis, doucement fuyant par des détours nouveaux,
Il va verser au loin son onde jaillissante.
C'est là qu'un saint ermite à l'âme pénitente,
Consacre tous ses jours à louer l'Eternel ;
La montagne est son temple, un arbre son autel.

Loin d'un monde pervers, son cœur sûr de lui-même,

Jouit de la nature et de l'Être suprême.

Là, plus voisin des cieux, il est plus vertueux,

Et cet obscur asile est riant à ses yeux.

Il aime à contempler et ces plaines profondes,

Et ces monts sourcilleux, et ces limpides ondes,

Ces immenses forêts où le sapin géant,

Jeune encor, dans les airs lève un front triomphant;

Il aime à voir des cieux la majesté pompeuse,

Et de l'astre du jour la course radieuse,

Ce globe étincelant dont la douce chaleur

Féconde la nature, épanouit la fleur!

Ces phares lumineux, ces brillantes étoiles,

Qui de la sombre nuit éclaircissent les voiles.

« O puissant créateur de la terre et des cieux!

« Dit-il, que ton pouvoir est grand et spacieux!

« Tous ces globes brillants dont la voute éthérée

« A nos yeux éblouis se montre décorée,

« Et l'homme au front superbe et ces mondes sans fin:

« Tout a reçu le jour de ta puissante main.

« Sur ces êtres nombreux que la terre a vus naître,

« L'homme, le plus puissant, peut commander en maître,

« Tu créas tout pour lui ; tu voulus qu'à sa voix

« Les animaux soumis, marchassent sous ses lois ;

« Maître des éléments, tu voulus que, fidèles,

« Les mers dussent porter ses timides nacelles ;

« Qu'il pût au sein des flots élever des cités,

Et nourrir son esprit de célestes beautés !...

« Gloire à toi Dieu puissant ! que ma voix impuissante

« Célèbre nuit et jour ta grandeur imposante ;

« Mais comment raconter et chanter dignement

« La gloire et les grandeurs d'un Dieu si fort, si grand,

« Reçois du moins mes vœux, ô grand maître du monde !

Ainsi l'homme de Dieu, d'une bouche féconde,

Adorait l'Eternel, loin des regards humains,

Et coulait doucement des jours purs et sereins.

XXVIII

LE PAUVRE ENFANT.

« Que mon destin est rigoureux !

« Ah ! laissez-moi verser des larmes ;

« Je suis un enfant malheureux

« Qui d'une mère hélas! n'ai point connu les charmes;

« De ses embrassements j'ignore la douceur,

« Jamais, dans le sein de ma mère ,

« Je n'ai pu déposer les secrets de mon cœur ;

« Nul n'a voulu connaître mon malheur ;

« Je n'ai point d'ami sur la terre.

« Du moins le jeune oiseau grossit ,

« Par les soins tendres d'une mère ;

« L'épi naissant dans la plaine mûrit ;

« La fleur des champs s'épanouit ,

« A la faveur d'un rayon salutaire.

« Moi seul , sans ami , sans secours ,

« Je ne puis soutenir ma fragile existence ,

« A l'aurore de mes beaux jours

« Rien ne sourit, pas même l'espérance...

« L'espérance ? ah ! jamais, pour l'enfant du malheur

« Elle n'ouvrit ses trésors pleins de charmes ;

    « Jamais , d'un rêve de bonheur,

    « Elle ne vint bercer mon cœur,

« Et tarir un moment la source de mes larmes.

« Dans mon sommeil, jamais un songe heureux

« Ne me fit voir la fin de ma souffrance ;

    « Jamais les grâces de l'enfance

    « N'ornèrent mon front soucieux.

« Jamais les enfants du village

« Ne viennent m'inviter à jouer sous l'ormeau ;

« J'aimerais cependant courir sous le feuillage

        « Et faire plier un rameau.

« J'aimerais, avec eux, dans la verte prairie

« Poursuivre avec ardeur le papillon léger ;

« J'aimerais ramasser la fleur épanouïe,

« Et m'asseoir un moment au pied de l'oranger.

« J'aimerais cotoyer ce ruisseau si limpide,

« Et prendre en mon filet le poisson vigilant,

« Ou bien tendre aux oiseaux quelque piège homicide,

        « Au milieu de ce vaste champ.

« J'aimerais allumer le sarment qui pétille,

« Franchir d'un saut vainqueur les flammes du bûcher;

« J'aimerais partager les fêtes de famille ;

« Mais aucun ne me dit : Viens, tu peux approcher.

« Et cependant je suis un enfant de leur âge ;

« Je suis sage comme eux, comme eux je suis discret,

« Pourquoi ne pas vouloir qu'avec eux je partage
« De leurs amusements le charme trop secret ?

« Je n'ai que des haillons, et je n'ai pas de mère !...
« Voilà ce qui ferait rougir leurs jeunes fronts.
« Aussi j'aime à m'asseoir sous le roc solitaire
      « Des plus silencieux vallons.

    « Mais le soir, quand gronde l'orage ;
    « Quand la neige tombe à grands flots ,
    « Je vais laisser passer les eaux
    « Dans la chapelle du village. »

Ainsi chantait un enfant malheureux ,
N'ayant point d'ami sur la terre.
Un beau matin il n'ouvrit point les yeux
Aux doux rayons de la lumière.

XXIX

LE CLOITRE.

La cloche a retenti. La troupe virginale
Devance avec plaisir l'aurore matinale.
A louer l'Eternel le chœur est invité.
Mille cierges déjà font jaillir leur clarté.
Les novices alors , sous la voûte enfoncée,
S'avancent à pas lents et la tête baissée :
Amantes d'un Dieu saint, leurs trop chastes attraits
Ne sont pas faits pour l'œil des mortels indiscrets.
Le ciel est le seul but où ces vierges naissantes
Aspirent tendrement par leurs veilles ferventes.

Le monde et ses plaisirs ne touchent point leurs cœurs,

Et le cloître paisible a pour eux des douceurs.

Le *Salve* est entonné. Mille voix angéliques

Répètent à l'envi leurs sublimes cantiques.

On dirait les accords du brûlant Séraphin,

Saluant l'Eternel par des hymnes sans fin.

Marie, à votre culte elles rendaient hommage.

O prodige sacré d'amour et de courage !

Des vierges dont le rang, les biens et la beauté

Auraient fait le bonheur d'un époux enchanté

Et d'un monde brillant l'orgueil et les délices,

De tous ces vains appâts fuyant les artifices,

Dans les tranquilles murs d'un asile pieux,

A louer l'Eternel coulent des jours heureux.

Heureuses mille fois, ces âmes toujours pures !

Du feu des passions ignorant les blessures,

D'un amour chaste et pur brûlent pour le Seigneur,

Et ce divin amant leur donne le bonheur !

Mais la cloche a sonné. Soudain la troupe sainte

S'écoule doucement de la sacrée enceinte.

Un simple déjeûner, sans pompe et sans apprêt,
Offert à Dieu d'abord, pour elle a plus d'attrait
Que ces mets délicats d'une table opulente,
Et qu'à la gourmandise offre une main savante.
Du pain, voilà le mets qu'elle trouve excellent
Et qu'avant de manger elle offre au Tout-Puissant.
« Seigneur, daigne bénir de ta main immortelle
« Ce pain que nous donna ta bonté paternelle. »
Dit-elle et de ce pain béni par le Seigneur
Ces vierges aussitôt savourent la douceur.
Doux festin ! rare met ! non le luxe des tables
N'offre point de douceurs à vos douceurs semblables.

Après le déjeûner, divers amusements
De la troupe pieuse occupent les moments ;
Mais à ces jeux toujours préside la décence,
Compagne des vertus et sœur de l'innocence.

O cloître révéré ! réduit mystérieux !
Que ton séjour est doux ! ton soleil radieux !
Le calme heureux qui règne au sein de ta retraite
Entretient dans le cœur la paix la plus parfaite.

XXX

LES HOSPICES.

O vous qui, sans amis et sans biens sur la terre,
Gémissez sous le poids d'une affreuse misère !
Orphelins malheureux, vieillards infortunés,
Vous enfin qu'au malheur le sort a condamnés,
Rassurez-vous ; le ciel, propice à l'indigence,
Ne repoussa jamais les cris de la souffrance.
Sous les paisibles toits d'un asile pieux,
Vous trouvez les secours les plus officieux ;
Et ces généreux soins prolongent une vie
Que le malheur peut-être hélas ! vous eût ravie

Des vierges aux cœurs purs, tendres et bienfaisants,
Se livrent dans ces lieux aux soins les plus touchants.
Rien ne peut refroidir l'ardeur qui les anime ;
Rien ne peut arrêter leur courage sublime
Ici c'est un vieillard infirme et malheureux.
Qui reçoit chaque jour leurs soins officieux ;
Là c'est un orphelin qui n'a point vu son père
Et qui tout récemment vient de perdre sa mère ;
Un enfant malheureux que des parents cruels
Repoussèrent jadis de leurs bras paternels ;
Un vieux soldat au corps tout couvert de blessures
Et souffrant à la fois les plus vives tortures ;
Tous les êtres enfin malheureux et souffrants
Reçoivent dans ces lieux les soins les plus touchants.
Quel prodige de voir ces vierges bienfaisantes
Nuit et jour prodiguer à des âmes souffrantes,
Tout ce qu'a de plus beau la tendre charité,
Fille de la vertu, sœur de la piété !
Leur grand cœur insensible aux vains plaisirs du monde,
Dans ces pieux devoirs de bonheur surabonde,
Avant-coureurs certains du bonheur immortel
Que l'âme goûte en paix au sein de l'Eternel ;

Présages assurés de cette joie suprême
Dont s'enivre le cœur dans le sein de Dieu même.

Jeunes vierges aux cœurs tendres et généreux,
Puissent se prolonger vos jours si précieux !
Puissiez-vous à jamais, soulageant la souffrance,
Au sein des malheureux ramener l'espérance!
Puissiez-vous voir enfin tous ces infortunés
Que la mort, sans vos soins, peut-être eût moissonnées,
Bénir à chaque instant la main douce et chérie
Qui charma leurs ennuis et prolongea leur vie !

L'ÉGLISE DU HAMEAU.

L'aurore avait paru derrière la colline ;
Mais le soleil cachait encore ses rayons,
Quand les doux tintements d'une cloche voisine
    Firent retentir les vallons.

    C'était l'heure de la prière,
    L'heure où le pieux laboureur
    Allait offrir à Dieu son cœur,
    Avant d'aller bêcher la terre.

Curieux je m'approche, et sous un vieil ormeau
Je vois bientôt surgir l'église du hameau.
Son gothique clocher, couvert de mousse antique,
Et de ses murs brunis l'aspect mélancolique,
A mes sens recueillis inspirent la ferveur.
J'entre et je vois bientôt le fidèle pasteur,
Les mains jointes, faisant cette belle prière :

« O mon Dieu ! disait-il, notre roi, notre père,
« Que ton nom soit béni de la terre et des cieux !
« Donne-nous aujourd'hui le pain de nos aïeux ;
« Comme nous pardonnons, pardonne nos offenses,
« Nous t'offrons nos travaux, nos peines, nos souffrances,
« Délivre-nous du mal et que nos actions
« Attirent sur nos champs tes bénédictions ;
« Daigne agréer, grand Dieu ! nos vœux et nos offrandes
« Nous ferons chaque jour ce que tu nous commandes. »

Ainsi disait le pasteur des hameaux ;
Et la foule à genoux répétait sa prière,

Quand tout-à-coup, du fond du sanctuaire,
Je crus entendre ces doux mots :

« Bons habitants de ces montagnes,
« Le Ciel est propice à vos vœux.
« Dieu veillera sur vos campagnes,
« Allez en paix, soyez heureux. »

J'écoutais, attentif, la voix mystérieuse ;
Mais je n'entendis plus, dans l'enceinte pieuse,
Qu'un murmure léger et charmant à la fois,
Semblable au frôlement de la feuille des bois.

Heureux mortels, me disai-je en mois-même,
Que votre sort est beau !
Dans ce paisible et doux hameau,
Vous goûtez un bonheur suprême.

Loin du tracas de la cité,
En paix s'écoulent vos années.
Dieu protège vos destinées,
Et vous voyez grandir l'arbre par vous planté.

Vos champs, toujours respectés des orages,
A vos nombreux troupeaux donnent leurs pâturages,
Et voient mûrir encor ce mystérieux grain
Qui se change pour vous en délicieux pain.
Que ne puis-je à mon tour, avec tout ce que j'aime,
Retrouver parmi vous la volupté suprême !
Tandis que je rêvais aux paisibles destins,
De ces bons laboureurs, modèles des humains,
La foule était sortie, et la sainte chapelle
Apparut à mes yeux plus touchante et plus belle.

Ici, sur un autel, paré de mille fleurs,
Gémissante paraît la Vierge des douleurs.
Le glaive est enfoncé dans sa chaste poitrine ;
La souffrance a pâli sa figure divine.
Que de tourments hélas ! souffrit-elle à la fois,
Lorsque pâle et tremblante, elle vit sur la croix
Son fils Jésus, mourant au milieu des souffrances
Et suppliant le ciel d'arrêter ses vengeances !

« Mon père ! disait-il, s'ils m'ont percé les flancs

« Daignez leur pardonner; car ils sont vos enfants; »

Cri sublime d'amour, de bonté, de tendresse,

Et qui prouve d'un Dieu l'immuable sagesse !

Ici, plus rayonnante, elle s'envole aux cieux,

Sa taille est gracieuse et son front radieux :

Tout annonce la joie que cette vierge-mère

Éprouve en s'échappant des liens de la terre.

Autour d'elle groupés, plusieurs anges en chœur

Célèbrent par leurs chants la mère du Sauveur.

Là, sous les vieux arceaux d'une antique chapelle,

On lit ces mots, gravés sur la pierre nouvelle :

« Ici repose en paix le pasteur des hameaux,

« Des malheureux il fut le père

« Tant que Dieu le laissa sur cette triste terre.

« Puisse-t-il recevoir le prix de ses travaux.

Oui le ciel, m'écriai-je, est la douce patrie
De celui qui, toujours, sut consacrer sa vie
A soulager les maux des malheureux humains ;
Il goûte au sein de Dieu ses immortels destins.
Et je me prosternai sur la pierre sacrée
Qui couvrait du pasteur la tombe vénérée.

XXXII.

LA JEUNE VEUVE.

« Pourquoi faut-il qu'au printemps de l'année ;

« Lorsqu'à mon cœur tout souriait d'amour,

« Du crêpe noir la tête couronnée ,

« Je n'ose contempler le soleil d'un beau jour ?

« Pourquoi ce que le monde adore :

« Plaisirs , honneurs , richesses et beauté ,

« Ne disent rien à mon cœur attristé,

« Et que la seule mort est tout ce que j'implore.

« Edmond n'est plus...Edmond que j'aimais tant!

« Vient d'achever sa trop courte carrière.

« Un mal cruel (souvenir déchirant!)

« Pour jamais a fermé ses yeux à la lumière.

« Hélas! depuis qu'un hymen trop heureux

« Avait joint notre amour au banquet de la vie,

« A nos plaisirs chacun portait envie;

« Car tout alors souriait à nos vœux.

« Bientôt, un gage de tendresse

« Vint resserrer des liens si touchants.

« Ah! fallait-il que dans si peu de temps,

« Cet objet de tant d'allégresse

« Pour mon cœur se changeât en objet de tristesse,

« Et que sa vue hélas! me causât des tourments!

« Pauvre enfant! tu souris... mais, quelle destinée

« T'attend au sortir du berceau!

« Ton père a vu finir sa trop courte journée.

« Demain peut-être hélas! ta mère infortunée

« Reposera dans le même tombeau!

. . . .

« Mais que deviendrais-tu, sans appui sur la terre ?

« Seule, que ferais-tu, sans secours et sans biens ?

« A ce cruel penser je sens que je suis mère

« Et que je dois mes jours au service des tiens.

« Je ne mourrai donc point. Je vivrai pour toi-même.

« Le travail de mes mains suffit à nos besoins ;

          « Peut-être un jour ces tendres soins.

    « Viendront calmer une douleur extrême »

Et les petites mains de l'enfant qu'elle adore ,

Doucement caressaient son sein mouillé de pleurs ;

          Mais sa mère pleurait encore ;

Car elle avait vidé la coupe des douleurs.

XXXIII

LA VIEILLE CROIX.

Au détour isolé d'une vallée obscure,
Où le chêne et le buis unissent leur verdure,
Une croix que planta la main du laboureur,
Depuis plus de cent ans, voit le dévot pasteur
Honorer son vieux bois de ses pieux hommages.
Alors que dans les cieux grondent les noirs orages,
Rappelant son troupeau par la peur égaré,
La houlette à la main, au pied du bois sacré,
Il place ses agneaux et leur timide mère,
Puis saluant la croix de son humble prière :

10

« Arbre sacré ! dit-il, toi que depuis cent ans,

« Respectèrent toujours et l'orage et les vents,

« Souffre que mes agneaux, effrayés du tonnerre,

« Goûtent quelques instants ton ombre tutélaire.

« Vois quel est leur effroi, vois ce timide agneau

« Respirer avec peine au milieu du troupeau.

« Sa mère, à ses côtés, chancelante et troublée,

« Appelle ses petits d'une voix accablée.

« Hélas ! c'est tout mon bien, tu ne permettras pas

« Que la foudre à tes pieds leur donne le trépas. »

Il dit et près du bois que sa ferveur implore

Rassemble son troupeau qui frémissait encore.

Bientôt plus de frayeur ; le berger rassuré,

Voit l'orage s'enfuir et le ciel azuré,

Dérouler à ses yeux son immense étendue.

D'un changement si beau l'âme encor tout émue :

« Arbre saint ! disait-il, jamais un cœur pieux

« Ne t'offrit vainement ses respects et ses vœux.

« Pour prix de tes bienfaits demain avec l'aurore

« Au pied du bois sacré tu me verras encore. »

Et l'aurore n'avait point encore passé

Que le dévot pasteur, à ses vœux empressé,

De la croix, par ses mains de guirlandes parée,

Humblement saluait l'image révérée.

XXXIV.

HOMMAGE

Présenté par les Élèves de l'École de Commerce de Nice,

AU RÉVÉREND PÈRE ARCHANGELO.

Quand, pour nourrir nos cœurs du pain évangélique,
Vous daignez visiter le modeste portique
D'un temple, où l'on ne voit que de jeunes enfants
Ecouter vos discours sublimes et touchants;
Quand, fidèle au devoir de votre ministère,
Vous daignez nous tracer la route solitaire

Qui, loin d'un monde aveugle, impie et séducteur,
Conduit l'âme pieuse au seul et vrai bonheur,
O ministre de paix, souffrez que notre enfance,
Cédant aux doux transports de la reconnaissance,
Vienne enfin vous offrir en ce trop heureux jour,
Un tribut de respect, de tendresse et d'amour.

—Vous allez nous quitter, mais votre chère image
Ne nous quittera point dans ces moments d'orage,
Où la jeunesse ardente et fière sans raisons,
Préfère à la vertu les folles passions.
Ah! si par une triste et fatale imprudence,
Nous étions sur le point de perdre l'innocence,
Qu'un souvenir heureux de vos sages discours
Du feu des passions arrête en nous le cours !
Puisse le souvenir de vos sages maximes
Guider nos pas errants sur le bord des abîmes !
Vous allez nous quitter, mais vos accents pieux
Retentiront toujours dans nos cœurs vertueux.
Et si le ciel, propice aux vœux de l'innocence,
Daigne écouter des cœurs pleins de reconnaissance,

Il bénira le cours de vos heureux destins,

Et vous accordera des jours purs et sereins.

Pour nous, livrant nos cœurs à la douce espérance

De vous revoir un jour instruire notre enfance,

Nous supplîrons le ciel de hâter les moments

Où nous pourrons encore entendre vos accents.

XXXV

L'INSOMNIE.

Hélas ! le jour ne paraît point encore ;
Mon Dieu, qu'il tarde à revenir !
A mon œil languissant jamais la douce aurore
Ne viendra donc surgir !

Toujours la nuit silencieuse et sombre,
Toujours les cris de l'oiseau ténébreux.
Jamais la voix de ces êtres sans nombre,
Aux chants mélodieux.

Toujours la nuit... au milieu des nuages
La lune hélas ! marche bien lentement ;
A peine elle a blanchi les paisibles bocages ,
        De son disque naissant.

A peine elle a marqué l'heure où , dans la nature ,
Tout repose et tout dort d'un sommeil enchanteur ;
Où l'ombre plus épaisse et la nuit plus obscure
        Inspirent la terreur.

Il est minuit, tout dort , et moi je veille encore.
        Je rêve à mes chères amours,
        A celle que mon cœur adore ,
        A celle que j'aimai toujours.

Repose en paix, ô ma tendre Julie!
Qu'un songe heureux voltige sur ton sein,
Et que le son d'une voix bien chérie
        Te réveille demain.

Hélas ! le jour ne paraît point encore ,
        Mon Dieu, qu'il tarde à revenir !

A mon œil languissant jamais la douce aurore
    Ne viendra donc surgir !

Doux sommeil, viens fermer un instant ma paupière;
    Viens un moment répandre tes pavots
Sur ces yeux d'où sans cesse une image trop chère
    Eloigne le repos.

    Mais non , toujours la nuit et l'insomnie.
En vain j'ai vu s'enfuir les innombrables feux
Dont la voûte des cieux réfléchit embellie ,
        L'éclat si radieux !

En vain j'ai pu compter jusqu'à la cinquième heure;
Le sommeil ne vient point endormir mon ardeur.
        Toujours son image demeure
        Ecrite dans mon cœur.

    Au moins si quelque riant songe
    Venait bercer mon tendre amour ;
Si le bonheur, fruit d'un heureux mensonge ,
    Me touchait à son tour.

Hélas! le jour ne paraît point encore.
     Mon Dieu qu'il tarde à revenir !
A mon œil languissant, jamais la douce aurore
     Ne viendra donc surgir !

     Ainsi la nuit s'écoulait en silence,
     Sans m'apporter le sommeil enchanteur ;
     Mais à mon cœur épris souriait l'espérance
     Du plus parfait bonheur.

Enfin le jour parut, enfin la douce aurore
De ses rayons naissants vint couronner les bois ;
Et je disais : mon Dieu ! quand donc la nuit encore
Viendra-t-elle jeter son voile sur mes toîts ?

XXXVI

LE JOUR DE L'HYMÉNÉE.

Doux réveil!... Mais la nuit silencieuse et sombre
    Hélas! marche bien lentement.
La lune fait son cours; des étoiles, sans nombre,
    Brillent au haut du firmament.

    Le jour peut-être est loin encore.
L'oiseau repose en paix sous la feuille des bois.
Le silence est partout, moins une voix sonore
    Qui semble le troubler parfois.

C'est l'horloge, écoutons… A peine il est deux heures,
    Dieu ! que le jour va tarder à venir !
Combien de temps encor dans ces tristes demeures
    Mon cœur amoureux va languir !

Tu dors en ce moment, mon aimable Julie.
Peut-être un songe heureux voltige sur ton sein.
Ah ! puisse un doux réveil, du bonheur que j'envie
    T'offrir le présage certain !

    Ce jour va donc enfin lier nos destinées.
Enfin nous allons voir s'accomplir tous nos vœux.
Ensemble nous verrons s'écouler nos journées ;
    Ensemble nous vivrons heureux.

Que de larmes d'amour ont mouillé nos paupières !
Que de tendres soupirs ont exhalé nos cœurs !
    Le Ciel enfin, touché de nos prières,
    Bientôt essuyera nos pleurs.

    Bientôt la robe d'hyménée
De ses plis gracieux voilera tes attraits.

Au pied des saints autels, doucement prosternée,
  Tu jureras d'être à moi pour jamais.

Doux serments, pour mon cœur que vous avez de charmes!
Que vous me promettez de paix et de bonheur !
Ah ! pour vous exprimer l'amour n'a que des larmes,
  Mais des larmes du cœur.

Nous coulerons en paix nos belles destinées ;
Nous verrons le soleil sans nuages passer ;
Sans peine nous verrons s'écouler nos années,
Et sur nos cœurs unis nous pourrons nous presser.

D'un bonheur mutuel nous goûterons les charmes.
L'hymen nous comblera de ses douces faveurs.
Au sein d'un doux repos, sans crainte et sans alarmes,
  Nous confondrons nos cœurs.

Loin d'un monde bruyant, au sein de la nature ,
Nous verrons s'écouler nos jours plus gracieux ;
Nous y rencontrerons la félicité pure,
Et d'un bonheur constant le cours délicieux.

Et si parfois le sort, aveugle en sa furie,

Contre nous dirigeait ses injustes rigueurs,

Nous souffririons ensemble, ô ma tendre Julie!

    Nous mêlerions nos pleurs...

XXXVII

LA MORT DE MON PREMIER NÉ.

Il n'est plus, le doux fruit de nos tendres amours ;
La mort a moissonné cette rose vermeille.
De l'éternel repos le pauvre ange sommeille ;
A peine sur la terre il parut quelques jours.

Ah ! je ne verrai plus le gracieux sourire
Parer son jeune front d'une aimable candeur ;
Et, dans les doux transports de mon tendre délire,
Je ne le pourrai plus presser contre mon cœur.

Dans ces jeux innocents qu'engendre la veillée,
Je ne le verrai point auprès de moi s'asseoir ;
Je ne le verrai point, aux yeux de l'assemblée,
Chercher sur mes genoux les caresses du soir.

Je ne le verrai point sauter dans la prairie,
De ses bras demi-nus saisir le jeune agneau ;
Puis, foulant sous ses pieds la fleur épanouie,
Contempler son image au fond d'un clair ruisseau.

Ah ! si le ciel, propice à ma prière,
Eût laissé plus longtemps ce bel ange à la terre.
S'il eût à son enfance accordé d'heureux jours...
Mais hélas ! dans la tombe il descend pour toujours ;
Pour toujours il s'échappe aux baisers de son père !

Il n'est plus ! et déjà son âme est dans le ciel.
Déjà sa douce voix s'unit au chœur des anges
                Pour chanter les louanges
Et bénir à jamais le nom de l'Eternel.

Quand l'étoile des nuits, de sa pâle lumière,
Eclairera ta tombe étroite et solitaire;
Alors que l'univers, dans le recueillement,
A peine laisse ouïr le murmure du vent,
O mon fils, je viendrai, sur la pierre muette,
Prier et m'attendrir sur ma peine secrète !

XXXVIII.

LES CHARMES DE LA POÉSIE.

A M. Alphonse de Lamartine.

Poète harmonieux, de qui la douce voix
Sait captiver le cœur et l'esprit à la fois,
Viens guider les transports de mon tendre délire,
Et prête-moi les sons de ta divine lyre;
Viens animer ma muse et ses faibles concerts,
Et d'un léger sourire encourager mes vers.

Oh! si de ton génie une vive étincelle
Allumait dans mon âme une flamme nouvelle ;
Si mon esprit naissant, du souffle inspirateur
Tout-à-coup éprouvait la céleste faveur ;
Je dirais aujourd'hui combien la poésie
A de charmes secrets pour l'âme recueillie;
Combien sa douce voix sait apaiser le cœur,
Consoler l'infortune, émousser la douleur.
Je dirais... mais hélas ! la plaintive vannelle
N'osa jamais chanter auprès de Philomèle ;
Jamais ses chants plaintifs, jamais sa triste voix
N'osèrent se mêler au chantre heureux des bois.

Semblable au jeune oiseau dont l'oreille attentive
Écoute un son lointain qui longtemps le captive,
Et qui du doux concert répète enfin les sons;
Solitaire à mon tour, j'aime au sein des vallons,
Ecouter loin du bruit les accords de ta lyre,
Et puiser dans tes chants un aimable délire.

Combien de fois hélas ! en butte à la douleur,
Je trouvai dans ton âme un doux consolateur !
Combien de fois tes chants , dictés par la sagesse ,
Triomphèrent du sort qui me poursuit sans cesse !
Ce qui plaît au malheur, non, ce n'est point de l'or ;
Il est pour ses ennuis un plus noble trésor.
Ce trésor est un cœur que la sagesse inspire ,
Et qui joint la tendresse aux accords de la lyre.
Poète harmonieux , puisse à jamais ta voix
Consoler le malheur et l'instruire à la fois !
Puisse le ciel, toujours à tes destins prospère,
Te donner le bonheur et la paix sur la terre !

Alors que, pour aller chercher de nouveaux chants,
Tu confias ta voile au caprice des vents,
Et que, pour obéir à l'astre des poètes ,
De l'abîme aux grands flots tu bravas les tempêtes ;
Mes vœux étaient pour toi. Je me disais : il part ,
Que le ciel sur sa vie attache son regard ;
Que de son frêle esquif il détourne l'orage ,
Et que les éléments respectent son passage ;

Il emporte avec lui nos vœux et notre amour ;
Puissions-nous le revoir heureux à son retour !

Hélas ! celui qui seul est le maître du monde,
Réservait à ton âme une douleur profonde.
Tendre fleur échappée au souffle des autans,
Puisses-tu voir en paix les beaux jours du printemps;
Puisse du doux zéphir l'haleine caressante
Conserver la fraîcheur sur ta tige naissante ;
Puissent les doux rayons de l'astre bienfaiteur,
Féconder à jamais ton calice enchanteur !
Vain espoir ! vains souhaits ! la fille de l'aurore
Avant le soir pâlit et se flétrit encore !...
Anges saints, reprenez vos cantiques joyeux ;
Une vierge nouvelle est arrivée aux cieux. . . .
. . . .
. . . .

Mais pourquoi réveiller dans ton âme oppressée
Une douleur enfin par le temps émoussée?

Car le ressouvenir de ces tristes moments

De nos cœurs résignés s'efface avec le temps.

De la religion la morale sublime

Console du malheur la touchante victime.

La sagesse d'un Dieu puissant et créateur

Mit un terme au plaisir ainsi qu'à la douleur.

Mais est-ce à moi d'aller ranimer dans ton âme

Des pieux sentiments la pure et sainte flamme ?

Est-ce à moi de vouloir rappeler à ton cœur

Ce qu'il sait exprimer avec tant de chaleur ?

L'auteur religieux du Crucifix, du Temple,

N'ignore point qu'un Dieu nous a donné l'exemple

D'un cœur humble et soumis aux caprices du sort,

Et que, pour notre vie, il a subi la mort !

Belle et grande leçon , devant qui la morale,

De la philosophie orgueilleuse rivale,

Tombe et ne jette plus qu'un rayon incertain.

Comme toi , j'épuisai la coupe du destin ;

Une mère, un enfant, ravis à ma tendresse,

A mon cœur affligé se présentent sans cesse.

J'ai vu leur agonie et leur regard mourant
Me dire un adieu triste, un adieu déchirant.
Comme toi j'ai pleuré, comme toi, de mes larmes
J'ai mouillé le cercueil qui voilait leurs doux charmes;
Et, courbé sur la tombe où vient mourir le jour,
J'ai dit : oh! que ne puis-je y descendre à mon tour!
Mais celui qui peut tout éteignit dans mon âme,
Du sombre désespoir la dévorante flamme.
A la religion j'abandonnai mon cœur ;
Et je sentis enfin se calmer ma douleur.

Ne crois point cependant que la mort d'une mère
Ne vienne quelquefois humecter ma paupière ;
Ne crois point que la mort d'un enfant adoré
Puisse être indifférente à mon cœur déchiré.
Hélas ! combien de fois cette image cruelle
Éveilla dans mon âme une douleur mortelle !
Tel sous la cendre épaisse est un foyer ardent :
Tant qu'un heureux obstacle arrête l'élément,
Tout est calme au dehors ; mais si, par imprudence
On agite la cendre, aussitôt il s'élance ;

Et la flamme excitée à l'haleine du vent,
Va causer autour d'elle un vaste embrasement.
Mais quand ces noirs pensers s'éveillent dans mon âme,
Aussitôt j'ai recours au souverain dictame ;
Et, dirigeant mes pas vers les portiques saints,
Je vais, au sein d'un Dieu, déposer mes chagrins.
Dans ces épanchements mon âme consolée,
Sent mourir la douleur qui l'avait accablée.
D'autres fois, pour charmer mes ennuis dévorants,
Je cherche des vallons les asiles touchants.
Là, sur un ton plaintif, ma muse solitaire
Se plaît à retracer les vertus de ma mère,
Et ses tendres accords ramènent dans mon cœur,
Un reste de plaisir et même de bonheur.

Ah ! quand le souvenir de ta fille adorée
Viendra jeter le deuil dans ton âme navrée,
Ami, cours déposer, au pied des saints autels,
Les chagrins de ton âme; ils seront moins cruels ;
Et les accords touchants de ta lyre fidèle
Finiront de calmer une douleur mortelle.

C'est ainsi qu'autrefois d'illustres malheureux
Surent charmer le cours d'un destin rigoureux.
Homère aveugle et pauvre, au sein de la misère,
Chantait, et sa douleur en était moins amère.
Milton, vieux et privé des doux rayons du jour,
Au charme heureux des vers se livrait à son tour.
Il chantait et ses yeux croyaient revoir encore
Et la voûte des cieux, et les feux de l'aurore...
Par l'injustice hélas ! à l'exil condamné,
Dans sa noire prison, Le Tasse infortuné,
Confiant ses ennuis à sa lyre plaintive,
Rend ses maux moins cruels et sa douleur moins vive.
Victime d'un cruel et précoce destin,
Toi qui vis se briser la lyre dans ta main,
Infortuné Chenier ! prêt à quitter la vie
Tu te livrais encore à ta muse chérie ;
Et ses derniers concerts, par un charme nouveau,
Adoucissaient en toi les horreurs du tombeau !

Moi-même j'ai connu le pouvoir de ses charmes ;
Sa voix douce et plaintive apaisa mes alarmes !

Prêt à fléchir, hélas ! sous le poids du malheur,
Je trouvai dans sa voix un doux consolateur.

Voilà pourquoi ma muse innocente et craintive
Ose s'abandonner au Dieu qui la captive ;
Voilà pourquoi prenant le luth harmonieux ,
Elle ose étudier le langage des Dieux !
Eh ! que me fait à moi l'opinion vulgaire ?
Je n'aspirai jamais aux gloires de la terre ;
Jamais mon cœur, épris de mes chants imparfaits ,
N'osa s'abandonner à l'espoir du succès.
Mais pourquoi concentrer dans le fond de mon âme.
Un feu qui nuit et jour la consume et l'enflamme ?
Ah ! quand l'homme ici-bas est pour si peu de jours
Pourquoi vouloir encore en abréger le cours ?
Lors même que le feu que mon âme resserre ,
Ne serait qu'un vain rêve, une vaine chimère ;
Je l'aimerais toujours ; car au sein du malheur,
La douce illusion a placé le bonheur.

Juillet 1840.

XXXIX

LE GÉNIE.

Quand du sommet des monts l'aigle indompté s'élance ,
Et qu'au milieu des airs son aîle se balance ;
S'il aperçoit sous lui quelque sombre hauteur ,
Aussi prompt que la foudre , à travers le nuage
      Il se fait un passage ,
Et sur le roc désert pose son pied vainqueur !

Ainsi , du haut des cieux , sa demeure chérie ,
Le souffle inspirateur qu'on appelle génie ,

Sur la terre parfois laisse tomber ses feux ;
Et, sous un toit obscur, modeste et solitaire,
    Il inspire, il éclaire
Le mortel ignoré, sans titre et sans aïeux.

Il souffle dans son sein ces sublimes pensées
Qui par la main du temps ne sont point effacées,
Et qui, comme un rayon de cet astre divin
Que proclame le jour et qu'annonce l'aurore,
    Vont éclairer encore
Les peuples retirés dans un pays lointain.

C'est en vain que la haine, implacable furie,
De son souffle empesté cherche à ternir sa vie ;
Contre le monstre impur s'arme la vérité ;
Et, comme aux premiers feux de l'aube étincelante,
    S'échappe une ombre errante,
Il s'éloigne en voyant l'auguste déité.

Semblable au char de feu qu'une nuée altière
Obscurcit un moment dans sa noble carrière,

Mais qui paraît bientôt plus vif, plus radieux ;
Le génie attaqué par l'infâme imposture ,
   Aux yeux de la nature
Reparaît à la fin sous des traits plus heureux.

Alors ce noble instinct qu'inspire le génie
S'élance et dans les cieux va chercher l'harmonie...
Rien ne peut arrêter ce coursier indompté !
C'est en vain qu'il entend retentir le tonnerre ;
   Il dédaigne la terre ,
Et d'un monde nouveau parcourt l'immensité ! ! !...

Honte à ceux qui poussés par un penchant coupable,
Noircissent lâchement le cœur de leur semblable !
Le Dieu de vérité confondra leurs discours ;
Et l'innocence alors triomphant de leur rage ,
   Verra fuir le nuage
Qui venait de son ombre obscurcir ses beaux jours.

Trop heureux qui, du sein d'une aimable retraite ,
Eprouve de ce Dieu l'influence secrète !

Nouveau Job, dans sa lutte il demeure vainqueur ;
Et, pour prix des combats qu'illustra sa victoire,
    Au temple de mémoire
Son nom rayonnera de gloire et de splendeur.

Si le monde jadis égaré par la haine,
Laissa pour quelque temps sa mémoire incertaine ;
S'il ne recueillit point le fruit de ses travaux,
De la postérité le tribunal suprême
    Se chargera lui-même
De défendre ses droits contre d'altiers rivaux.

Vous donc qui tout-à-coup sentez naître en votre âme
Ce délire touchant, cette sublime flamme
Qui fait du cœur de l'homme un instrument d'amour,
Laissez vibrer en paix votre naissante lyre ;
    Le Dieu qui vous inspire
Protègera les chants que vous mettrez au jour.

XL

SOUVENIRS HISTORIQUES.

Muse , retrace-moi ce sol inspirateur
Dont la ruine encore atteste la grandeur ;
Retrace-moi ces lieux d'immortelle mémoire ,
Où la valeur cueillit les palmes de la gloire ;
Ces lieux où la vertu , la science et les arts
Du véritable sage attiraient les regards.
Ce somptueux débris qui présente à la vue,
Les restes précieux d'une grandeur déchue ,
Viendra peut-être encor, par un charme secret,
Animer les accords de mon luth imparfait ;

Peut-être que ma voix, plus ferme et plus hardie,
Y puisera des chants plus remplis d'harmonie ;
Et qu'à ces grands tableaux, des souvenirs touchants
A ma muse naissante inspireront des chants....

Parmi des rocs déserts, sur des sables arides,
Je vois surgir d'abord ces vieilles pyramides,
Orgueilleux monuments que l'Egypte, autrefois,
Erigea pour couvrir la cendre de ses rois.
Du temps qui détruit tout l'haleine meurtrière
N'a pas encor détruit la colossale pierre ;
Et le monarque vain, dans la tombe endormi,
N'a pu même sauver son règne de l'oubli.
Toi seul, grand Sésostris ! toi seul à la mémoire
Sus conserver ton nom tout rayonnant de gloire.
Les sages règlements de tes vastes états,
Ainsi que tes exploits ne s'éclipsèrent pas.

Voyez ces bords fameux où jadis Babylonne
Semblait au monde entier disputer la couronne ;

Voyez-les aujourd'hui, sauvages et déserts,
De leur chute terrible instruire l'univers.
Malheureuse cité! de ses foudres divines
L'Eternel t'a frappé jusque dans tes ruines!
Aucun reste fameux n'indique à mes regards,
La place où s'élevaient tes superbes remparts.
Le ciel, en te frappant du feu de son tonnerre,
N'a point voulu laisser tes traces sur la terre,
Et tes brillants palais et tes fiers monuments
Ont été consumés jusqu'en leurs fondements!!!...

Et toi qui vis jadis la Grèce conjurée
Assouvir sur tes murs sa haine invétérée;
Toi qui vis autrefois, sur tes remparts croûlants,
Triompher la valeur de tes fiers assaillants,
Où sont tes fières tours, malheureuse Pergame?
Hélas! après dix ans, aux horreurs de la flamme
Tu vis abandonner tes célèbres remparts,
Et croûler tes palais sur le rivage épars....

Mais quittons ces vieux bords, et sur une autre plage
Allons chercher les lieux où s'élevait Carthage,
Cette fière cité qui, pendant si longtemps,
Disputa la victoire aux Romains triomphants ;
Et comme Marius, assis sur ses décombres,
Evoquons un moment ses généreuses ombres.

Salut, grand Annibal! capitaine fameux,
Que de lauriers ont ceint ton front victorieux !
Combien de fois ton bras, dans les champs de la gloire,
Sur tes fiers ennemis remporta la victoire !
Combien ce fer aigu qui brillait dans tes mains
Humilia l'orgueil des superbes Romains,
Quand leur fière cité vit, jusques sous ses portes,
Paraître tout-à-coup tes nombreuses cohortes !
Mais le Dieu qui veillait sur ses heureux destins
Permit que la victoire échappât de tes mains,
Et que des nations cette superbe reine
Sur les bords africains fût aussi souveraine.
Toutefois l'univers dira dans tous les temps :
Annibal aux Romains fit la guerre dix ans ;

Et sous le fer vainqueur d'un héros, d'un grand homme,
Carthage fut dix ans la rivale de Rome.

Si, détournant mes yeux des sables africains,
Je consulte la Grèce et ses brillants destins,
Que de grands souvenirs de triomphe et de gloire
Je verrai tour-à-tour s'offrir à ma mémoire !
Ici brillait Athène, aux solides remparts,
Couronnant la valeur, les sciences, les arts.
Là s'élevaient les murs de Sparte et de Corinthe ;
Plus loin, Thèbes traça ses murailles d'enceinte.
Voici le défilé qui vit trois cents soldats,
Sous le commandement du grand Léonidas,
Dans un de ces combats d'immortelle mémoire,
A dix mille ennemis disputer la victoire.
Voilà les champs fameux, dits champs de Marathon,
Où jadis Miltiade acquit un brillant nom.
Cet étroit défilé qu'un vieux rocher domine
Se nommait autrefois détroit de Salamine.
C'est là que Thémistocle, attaquant les Persans,
Vit leurs nombreux vaisseaux fuir les siens triomphants ;

Et , par une éclatante et rapide victoire ,
Ses armes se couvrir des lauriers de la gloire.

Enfin voici les lieux qui virent tes combats ,
Magnanime guerrier, grand Epaminondas !
Voici les champs de Leuctre et ceux de Mantinée
Où , tandis qu'on plaignait ta triste destinée ,
Sans penser à ce fer qui te perçait les reins,
Tu te réjouissais du succès des Thébains,
Et , fier d'avoir vaincu la cohorte ennemie ,
Tu paraissais heureux d'abandonner la vie !...

Si de la Grèce antique , aux rivages fameux ,
Nous passons dans les champs où Rome avait ses dieux ;
De quels grands souvenirs ce théâtre de gloire
Nous viendra tout-à-coup rappeler la mémoire !
Ici tout est grandeur, gloire, sciences, arts ;
Tout proclame à la fois la ville des Césars.
De l'univers entier cette superbe reine
Par le droit des combats fut jadis souveraine ,

Et sur ses murs encor de carnage fumants ,
Carthage vit flotter ses drapeaux triomphants.

Mais parmi ces grands noms que nous vante l'histoire
Et qu'on vit couronnés du laurier de la gloire ,
Auguste seul, ami des lettres et des arts ,
Du véritable sage attire les regards.
Héros dans les combats , à son char de victoire
Il sut toujours fixer les palmes de la gloire ;
Et quand de l'univers son bras victorieux ,
Eut soumis aux Romains tous ses peuples nombreux,
La paix vint attacher à sa tête immortelle ,
Un laurier plus flatteur, une palme plus belle.
Des lettres et des arts ce royal protecteur
Voulut de leur éclat rehausser sa grandeur;
Et par ses doctes soins léguer à sa patrie ,
Le sceptre de la guerre et celui du génie !...

Depuis ce grand romain , un monarque français
D'une gloire aussi belle a doté ses sujets.

Grand Louis ! ta valeur héroïque et parfaite

Du laurier triomphal vit couronner ta tête.

Chez tes fiers ennemis ton bras victorieux ,

Sut toujours des Français rendre le nom fameux ;

Et dans plus d'un combat ta superbe vaillance

Vit flotter sur leurs murs les drapeaux de la France.

Mais sitôt que la paix, au visage joyeux,

Te rappelait au sein de tes peuples heureux,

Ton plus doux passe-temps et ta plus douce fête

Etait d'ouïr vibrer la lyre du poète,

Et ses accords touchants et remplis de douceur,

Du tumulte des camps délassaient ton grand cœur.

Siècle heureux de Louis , où le Dieu d'harmonie

Soufflait dans tous les cœurs la flamme du génie ,

Où l'honneur, la vertu, les sciences , les arts ,

De l'univers entier attiraient les regards !

Que les temps sont changés ! Dieu, quelle indifférence

Le génie aujourd'hui voit régner dans la France !

Dans ce siècle entraîné par l'appât de l'argent,

Le cœur est insensible aux vœux de l'indigent ;

Et tandis que le vice est prôné sur la terre
Le mérite languit sous son toît solitaire.

Pénétrons un moment chez ce modeste auteur.
D'où vient que dans son âme a vibré la douleur?
D'où vient que sur son front la pâleur est empreinte?
Pourquoi ces longs soupirs et cette amère plainte ?
C'est qu'oublié de tous, à tous indifférent,
L'infortuné se livre au découragement;
Et le rayon d'espoir qu'obscurcit la misère,
Pour lui s'évanouit comme une ombre légère...
La misère, ah! voilà ce qui met bien souvent
Un obstacle invincible au mérite naissant.
Voilà ce qui souvent, dans le siècle où nous sommes,
Enchaîne le génie, arrête les grands hommes !...

Oh! quand viendra le temps où les cœurs généreux
Sauront apprécier les hommes vertueux?
Quand viendra le moment où la voix du génie
Trouvera ces échos qui lui donnent la vie,

Ces encouragements qui venaient autrefois
Diriger son essor dans le palais rois ?
Oui , si de ces beaux jours allait poindre l'aurore ,
La France à l'univers ferait envie encore ;
Et de son sein , jadis en grands hommes fécond ,
Pourrait surgir encor plus d'un glorieux nom.

XLI

LE PROSCRIT.

I.

DÉPART.

Adieu, champ que j'aimais, adieu douce prairie,
Adieu toît paternel où j'ai reçu le jour;
   Terre de France, ma patrie,
Adieu, je pars hélas! peut-être sans retour.

Il faut partir, il faut, loin de vos doux rivages,
Voir s'écouler mes jours, naguère encor si beaux,

Quand, sous vos frais ombrages,
J'allais rêver, le soir, au murmure des eaux.

Il faut partir... déjà la fatale nacelle
Pour m'enlever hélas ! fend les flots écumeux ;
Plaignez ma fortune cruelle,
O mes amis, plaignez mes destins malheureux.

C'en est fait, me voilà déjà loin du rivage;
Mon œil n'aperçoit plus que le ciel et les flots...
O mer ! brise-moi dans ta rage,
Et sur le sol natal daigne jeter mes os.

Je ne survivrai point au destin qui m'accable;
Vainement je voudrais lutter contre mon sort;
Loin de ma patrie adorable,
Je ne vois que regrets, que douleur et que mort.

Toi qui, du haut des cieux, vois ma peine cruelle,
Grand Dieu ! sois désormais le divin protecteur
D'une épouse tendre et fidèle,
Exposée ici-bas aux ronces du malheur.

Veille sur mon enfant à peine à son aurore,
Et si son père hélas ! ne doit point le revoir...
    Dans son cœur pur et chaste encore,
Entretiens la sagesse et l'amour du devoir.

Veille sur mes amis ; c'est le vœu de mon âme ;
S'ils invoquent ton nom, daigne écouter leur voix :
    Protège cette pure flamme
Qui leur fait d'amitié chérir les douces lois.

Le coup qui vient frapper aujourd'hui ma jeunesse
Hélas ! a retenti dans le fond de leurs cœurs ;
    Ils ont partagé ma détresse,
Et mon triste avenir a fait couler leurs pleurs.

Peut-être en ce moment la foi qui les éclaire
S'efforce d'attirer tes dons sacrés sur moi ;
    Peut-être leur vive prière
Pour un ami proscrit s'élève jusqu'à toi.

Tu les écouteras ; ta sainte Providence
Reposera sur moi ses regards protecteurs ;

Tu défendras mon innocence
Contre la cruauté de mes persécuteurs.

Ils m'ont calomnié; dans leur noire injustice,
Ils ont versé sur moi le poison des méchants;
    Ils m'ont ouvert le précipice
Qui flétrit aujourd'hui les plus beaux de mes ans.

Oui tu les confondras, ta sagesse suprême
Aux yeux de l'univers dévoilera leurs cœurs;
    Tu les feras rougir d'eux-même,
Et tourneras contre eux leurs discours imposteurs.

Et si je dois revoir le doux sol de la France;
Si je dois retrouver une femme, un enfant,
    Je bénirai ta Providence,
De m'avoir conservé des biens que j'aime tant!

II.

EXIL.

O France ! ô mon pays ! lieux qui m'avez vu naître !
Quand pourrai-je fouler encor vos heureux bords ?
    Quand verrai-je encore paraître
Ce beau ciel dont la vue éveillait mes transports ?

Loin de vos champs heureux, loin de vos doux ombrages,
Rien ne saurait charmer mes dévorants ennuis.
    Tous mes jours sont des jours d'orages,
Et des rêves cruels viennent troubler mes nuits

Je mange dans les pleurs le pain de l'infortune ;
A la voix d'un ami mon cœur ne s'ouvre plus ;
    La vie hélas ! m'est importune ;
Je pousse vers le ciel des soupirs superflus.

Ah ! si je ne dois point revoir tout ce que j'aime ;
Si sur ces tristes bords mes jours doivent finir,

Mon Dieu, dans ta bonté suprême,
Daigne adoucir mes maux, ou laisse-moi mourir.

Mais non, en attendant qu'ici-bas la mort vienne
Débarrasser mon corps de ses liens mortels,
     Ta volonté sera la mienne,
Et je respecterai tes décrets éternels.

Et quand j'approcherai de mon heure dernière:
Quand mon âme, à mon sein, à peine unie encor,
     S'agitera dans la matière
Pour reprendre vers toi son immortel essor;

Ah! dans ce grand moment de crainte et d'espérance;
Dans ces combats d'amour et de regrets amers,
     Puisse ta divine clémence
De la grâce sur moi verser les dons divers.

Oui, mon Dieu, confiant dans ta bonté suprême,
Je me présenterai devant ce tribunal,
     Où ton Christ siègera lui-même
Pour juger les mortels sur le bien et le mal.

Et si le nombre hélas! des erreurs de ma vie
N'emporte point alors celui de mes vertus,
    Le ciel sera mon unique patrie,
Et tu me recevras au nombre des élus.

III.

RETOUR.

Las d'enchaîner mes pas sur la rive étrangère,
Le sol où je naquis me rappelle en son sein.
    Bientôt je vais revoir la terre
Où je cueillis, enfant, les roses du matin...

Bientôt les bords riants de ma douce patrie
Se montreront encore à mon œil enchanté;
    Bientôt plus d'une voix amie
Célèbrera la fin de ma captivité.

Salut! trois fois salut, belle terre de France!
Mon âme, à ton aspect, tressaille de bonheur :

Près de toi la douce espérance
D'amour et de plaisir fait battre encor mon cœur.

Salut riants coteaux ! salut belles montagnes !
Salut ruisseau limpide, aux gracieux détours !
    Admirables campagnes,
Je vous revois enfin, que n'est-ce pour toujours !

Vos sites enchanteurs, vos paisibles ombrages
Me rappellent encor ces trop rapides ans,
    Où mes jours purs et sans nuages
Passaient toujours suivis de rêves séduisants.

Le temps n'a point changé vos riantes demeures ;
Le rossignol encore y fait ouïr sa voix ;
    Et dans leurs douces heures,
Les vierges d'alentour s'y reposent parfois.

Sous vos dômes mouvants de naissante verdure ;
Parmi ce frais gazon caressé de zéphyr,
    Du clair ruisseau le doux murmure
Fait palpiter le cœur d'amour et de plaisir.

Avançons... mais hélas ! dans le fond d'une allée,
Un funèbre cyprès, noir enfant des tombeaux,
    Couvrait une pierre isolée,
Sur laquelle on avait gravé ces tristes mots :

    Ici repose une épouse fidèle
Qui ne put supporter l'absence d'un époux ;
    Vous qui passez, priez pour elle,
Son fils reconnaissant un jour prîra pour vous.....

XLII

LA SOLITUDE.

Il est des lieux cachés, où l'âme recueillie
Aime à s'abandonner à la mélancolie ;
Où, loin des vains appas d'un monde séducteur,
Le sage suit en paix la route du bonheur.
Heureux donc le mortel, guidé par la sagesse,
Qui, fuyant des plaisirs la coupe enchanteresse,
Dans un réduit obscur, ignoré des humains,
Voit couler doucement ses jours purs et sereins !
Libre de soins rongeurs, exempt d'inquiétude,
Sa seule passion est une douce étude

Des nombreuses beautés , des chefs-d'œuvre divers
Que la main du Très-Haut plaça dans l'univers. ·
Oh ! combien le séjour d'une aimable retraite
A de charmes secrets pour l'âme du poète !
Combien son doux asile a d'attraits pour son cœur !
Il n'est point à ses yeux de plus parfait bonheur.
Mais s'il vient à saisir l'harmonieuse lyre ;
S'il vient à se livrer à son noble délire ;
Oh ! que ses chants alors deviennent solennels !
Son œil ose percer jusqu'aux lieux immortels ;
Il ose interroger la sagesse suprême
Et contempler de près la face de Dieu même !...

. . . .

. . . . , ...

Muse , retrace-moi les sentiments sublimes
Qu'éveillent dans le cœur les immortelles cîmes ;
Alors que la pensée, emportant l'œil humain
Dans l'espace infini de ce monde sans fin,
Découvre à ses regards ce trône formidable
Où siège en tous les temps le juge redoutable

Qui pèse les destins des mortels orgueilleux.

Retrace-moi le chœur de ces anges pieux

Qui, le front prosterné sous leurs brûlantes aîles,

Font retentir au loin les voûtes immortelles,

Et qui, courbés sans cesse aux pieds de l'Eternel,

Répètent en tout temps le cantique immortel ;

Ces essaims d'esprits purs et de vierges candides

Qui, contemplant sans cesse avec des yeux timides,

De la mère du Christ la divine grandeur,

Ne peuvent soutenir l'éclat de sa splendeur ;

Enfin ces saints martyrs et ces saintes nombreuses

Qui peuplent en tous lieux les voûtes bienheureuses.

A ces brillants tableaux, à ces divins portraits,

Ma voix retrouverait des chants moins imparfaits,

Et dans les vifs transports d'un sublime délire,

Se mêlerait sans crainte aux accords de la lyre.

Mais dans ce monde hélas ! jamais l'esprit humain

Ne put percer des cieux les nuages sans fin ;

Jamais l'œil des mortels ne découvrit sans voile,

Le plus faible rayon, la plus petite étoile.

D'autres ont pu jadis célébrer dans leurs chants

Des célestes beautés les attraits ravissants ;

Mais comment pouvaient-ils dignement nous apprendre
Ce qu'ils n'avaient pu voir ni pu même comprendre?
On admire pourtant les vers ingénieux
Que renferment parfois leurs chants harmonieux.
Ah! pour bien célébrer les célestes phalanges
Il faudrait habiter l'heureux séjour des anges.
Ainsi, faibles mortels sur la terre captifs,
Fermons enfin l'oreille à ces sons fugitifs ;
Et, convaincus d'ailleurs, que nous sommes tous hommes,
Ne contemplons les cieux que du monde où nous sommes.

Voyez l'ordre admirable et toujours plus nouveau
De l'astre éblouissant qui nous sert de flambeau ;
Voyez ces légions d'innombrables étoiles
Qui de la sombre nuit éclaircissent les voiles.
Les rayons lumineux de ce soleil brillant
Ne sont que le reflet des yeux du Tout-Puissant.
Et ces astres nombreux dont la voûte azurée,
A nos yeux éblouis se montre décorée,
Ne sont qu'un faible éclat, un bien faible rayon
De la vive splendeur qui brille sur son front.

Mais où m'emportes-tu, muse présomptueuse ?
Pourquoi porter si haut ta vue audacieuse ?
La terre, avec ses mers et ses sites nombreux,
Inspirera tes chants aussi bien que les cieux ;
Car la main du Très-Haut y fut partout empreinte.

Vois les objets divers de son immense enceinte ;
Tout y proclame un Dieu puissant et créateur,
Principe de tout bien, source de tout bonheur.
C'est lui qui fait germer dans l'argile féconde
Cet admirable grain dont se nourrit le monde ;
C'est lui qui sait nourrir, au milieu de nos champs,
Cette foule d'oiseaux et d'insectes volants ;
C'est lui qui fécondant la fleur qui vient d'éclore
Des plus vives couleurs sait l'embellir encore !...
Tels sont les attributs de sa rare bonté.
Mais voyons sa puissance et son autorité.
Il a dit à la mer : C'est en vain que tu grondes ;
Jamais tes vastes flots, jamais tes fières ondes,
Ne franchiront le lit de ton immense sein,
Et le fier élément s'est arrêté soudain !

Vainement il menace et les champs et la ville ;
Un bras plus fort que lui rend sa force inutile
Et , s'épuisant sans cesse en stériles efforts ,
La rage de ses flots expire sur ses bords.

Il a dit au chaos : Je veux créer le monde ;
Et le monde a paru : sa parole féconde
A tiré du néant tous ces êtres nombreux,
Répandus dans un monde aussi sublime qu'eux.
Cet auguste flambeau dont la douce lumière
De l'absence du jour vient consoler la terre ;
Ce soleil éclatant dont les puissants rayons
Fécondent la nature ainsi que nos moissons ;
Tous ces astres brillants qui, par des lois secrètes,
Roulent tranquillement au-dessus de nos têtes ;
Ces mers, ces champs, ces bois et ce monde enchanteur
Sont sortis tour-à-tour des mains du créateur.
Mais son plus excellent, son plus sublime ouvrage,
C'est l'homme qu'il a fait à sa fidèle image,
Et qui , seul au milieu de tant d'êtres vivants ,
Peut lever vers les cieux ses regards triomphants !

Voyez son port, ses yeux et sa noble figure :
Tout décèle à la fois le roi de la nature.

Il commande, et soudain à sa puissante voix,
Les plus fiers animaux reconnaissent ses lois ;
Il dit, et tout à coup, sur la mer orageuse
S'avance fièrement une flotte nombreuse
Qui, bravant la tempête et la rage des flots,
Va reconnaître un ciel et des mondes nouveaux ;
Sa main puissante élève, au milieu des abîmes ;
Des palais somptueux, des monuments sublimes,
Et fier de son triomphe et de sa majesté,
Il ne le cède enfin qu'à la divinité !...
Voilà l'homme puissant, mais l'homme périssable.

Qu'il est plus noble encor cet homme charitable
Qui, fidèle ici-bas aux préceptes divins,
Consacre ses loisirs aux besoins des humains,
Et qui, reconnaissant sa nature immortelle,
Cherche pour d'autres temps une gloire plus belle !
Mais le soleil déjà, par delà tous les monts,
A caché la lueur de ses derniers rayons.

L'absence du flambeau qui répand la lumière
A rendu le repos à la nature entière ;
Et ma muse, à son tour, suspendant son essor,
Dans les bras du sommeil se repose et s'endort.

XLIII.

UNE ÉTOILE A L'HORIZON.

Quand la voix du canon vint, dans la ville immense,
Annoncer qu'un Bourbon était né pour la France,
Le peuple avec amour salua son berceau ;
Et, dans son noble orgueil, semblait vouloir lui-même
       Poser le diadême
Sur le front de l'enfant purifié par l'eau.

Auguste rejeton d'une tige immortelle !
Puisse le Tout-Puissant te couvrir de son aîle !

Puisse, du haut des cieux, le généreux Michel
Foudroyer sans pitié, dans sa juste colère,
      Le mortel téméraire
Qui sur toi lèverait le poignard de Louvel !

Pardonne si ma voix rappelle à ta pensée,
D'un père malheureux la jeunesse brisée,
Alors que le bonheur semblait suivre ses pas.
Héroïque martyr qui, dans son agonie,
      Léguait à la patrie
Un prince qui devait survivre à son trépas !

Et l'exil a frappé son innocente tête.
Aux plus beaux de ses ans, battu par la tempête,
Il se vit dépouillé du bien de ses aïeux ;
Mais ce qui fut le plus sensible à sa jeune âme,
      Ce fut l'arrêt infâme
Qui le forçait de vivre, hélas! sous d'autres cieux.

Il grandit dans l'exil, sur la terre étrangère,
Maintes fois des douleurs il but la coupe amère ;

Maintes fois il pleura sur ses cruels destins ;

Mais, toujours noble et grand comme ceux de sa race,

Il adora la face

Du Dieu qui nous éprouve en cachant ses desseins.

Il grandit dans l'exil, sur des plages lointaines,

Plus d'une fois il vit des têtes souveraines

Déposer à ses pieds le tribut des grandeurs ;

Mais tout cela pour lui n'était pas la patrie,

Cette terre chérie

Dont le nom seul toujours fit battre les grands cœurs.

Courage, enfant issu d'une race divine !

Celui qui sut porter la couronne d'épine

Mérita de monter sur le trône des rois ;

Car tu n'ignores point que les pasteurs des hommes,

Sur la terre où nous sommes,

Doivent par leurs vertus faire chérir leurs lois.

Vois ces hommes qu'un jour de fatale mémoire

Eleva tout-à-coup au pouvoir provisoire ;

Que nous reste-t-il d'eux aux yeux de la raison ?
Si ce n'est le tableau des discordes fatales
> Qu'en ses tristes annales,
L'histoire frappera de réprobation !

Honte à ces corrupteurs d'humaine intelligence
Qui, vers de bas instincts voulant pousser la France,
S'efforçaient d'étouffer la foi de nos aïeux !
Le Dieu de vérité , qui veillait auprès d'elle ,
> Fit jaillir l'étincelle
Qui devait tout-à-coup lui dessiller les yeux.

Alors la France vit à travers le nuage
Qui , dans ses vastes flancs , couvait un noir orage ,
Une étoile briller au loin sur l'autre bord.
Vers cet astre sauveur les regards se portèrent ;
> Les échos répétèrent :
Le comte de Chambord ! le comte de Chambord ! ! !

Marseille , 29 septembre 1850.

XLIV

LE CHRÉTIEN MOURANT.

Toi qui , dans une nuit accablante et mortelle ,
Sous l'olivier sacré prias pendant trois fois ,
Et qui , pour rendre l'homme à la vie éternelle ,
Au milieu des tourments expiras sur la croix :

Homme-Dieu ! soutiens-moi dans ma lente agonie ;
Ne m'abandonne point dans ma dernière nuit ;
Et, quand par la douleur ma voix est affaiblie ,
Ecoute les soupirs de mon âme qui fuit.

Ce soupir étouffé qui s'échappe sans cesse,
D'un cœur religieux, brisé par la douleur,
Est le plus pur encens que l'humaine faiblesse
Puisse dans l'univers offrir à ta grandeur.

Fidèle au souffle pur que tu glisses dans l'âme,
J'ai marché dans la voie de tes commandements;
J'ai suivi la clarté de cette douce flamme
Qui nourrit dans le cœur les pieux sentiments.

J'ai mêlé mes soupirs aux pleurs de l'infortune;
J'ai partagé mon pain avec les malheureux;
Jamais leur triste voix ne me fut importune,
Et mon cœur éprouva ce qu'ils éprouvaient eux.

Si parfois, m'écartant de ta sainte doctrine,
J'osai des passions goûter les vains appas;
Tout-à-coup, un rayon de ta grâce divine
Dans ce chemin trompeur vint arrêter mes pas.

Aujourd'hui que la vie ici-bas m'abandonne,
Et que mon corps s'épuise en efforts superflus,

Tu me montres du doigt l'immortelle couronne
Qui pare dans les cieux le front de tes élus.

Ah ! si la mort, brisant les restes d'une vie
Qui s'écoule en ce monde au milieu des douleurs,
N'offrait à mes regards qu'une rose flétrie,
Dépourvue à jamais de ses vives couleurs ;

Si mon œil qui s'éteint comme un feu sous la cendre,
Pour un monde plus beau ne devait pas s'ouvrir,
Sagesse de mon Dieu ! je ne saurais comprendre
Pourquoi l'homme ici-bas serait né pour mourir...

Mais la foi qui soutient le juste sur la terre,
Fait luire dans mon cœur son auguste flambeau.
Je livre sans regret mes os à la poussière ;
Ils se réveilleront dans un monde nouveau !

TABLE

DES

PIÈCES CONTENUES DANS LE VOLUME.

Marseille. — Typographie et Lithographie Marius OLIVE, rue Mazade, 28.